Richard Wilder

Meine wilden Jahre

Memoiren des Engels 002

vianova
Verlag Via Nova
Edition Spirituelle Romane

Website des Autors:
www.richardwilder.com

1. Auflage 2006

Verlag Via Nova, Alte Landstraße 12, 36100 Petersberg

Telefon: (06 61) 6 2973
Fax: (06 61) 9 67 95 60
E-Mail: info@verlag-vianova.de
Internet:
www.verlag-vianova.de

Umschlaggestaltung: Klaus Holitzka, 64756 Mossautal
Satz: typo-service kliem, 97647 Neustädtles
Druck und Verarbeitung: Fuldaer Verlagsanstalt, 36037 Fulda

ISBN-13: 978-3-86616-035-4
ISBN-10: 3-86616-035-6

Für Julia Tara.
In Dankbarkeit und Liebe.

Vorwort

Guten Tag! Bitte setzen Sie sich. Wir müssen reden. Dringend. Es geht um Ihre Zukunft und um die Liebe. Und jetzt sagen Sie nur nicht, das sei Ihnen egal, Sie hätten die Nase voll davon, besonders nach Ihrer letzten Beziehung, oder so etwas. Vergessen Sie es! Das mit der Liebe werden Sie nie im Leben loswerden und nicht einmal danach. Glauben Sie mir, da bin ich Experte, der beste, den Sie bekommen können.

Der Grund, warum ich mich entschlossen habe, auszupacken und als Erster aus meiner Branche aus dem Nähkästchen zu plaudern, ist der, dass die Sache einfach zu gefährlich wird. Wir sitzen auf einem Gaskocher und schnippen mit Zündhölzern.

Jawohl, ich denke, der Chef hat einen Fehler gemacht. Natürlich machen Chefs offiziell keine Fehler, und meiner schon gar nicht, aber Sie wissen selbst, wie das ist, mit der Theorie und der Praxis.

Auf jeden Fall beharrt der Chef darauf, dass die Sache mit Lou kein Thema ist, und eher finden Sie einen Kanaldeckel in der Wüste, als dass er das Gegenteil zugeben würde. Vielleicht setzt langsam der Altersstarrsinn ein, keine Ahnung, aber es blieb uns praktisch keine andere Wahl, als zu tun, was wir getan haben. Ich hoffe, Sie verstehen das.

Aber ich will nicht vorgreifen, am besten, wir fangen ganz vorne an.

Wie alles anfing

Am Anfang war kein Problem. Nur zwei Menschen, die sich göttlich liebten, genau so, wie es sein sollte. So wie es vom Chef geplant war. Alles war perfekt, und scheinbar wurde es genau deshalb schnell zu langweilig für die Beiden. Sie fingen an herumzuspielen, vor allem aneinander.

Irgendwann ist dann passiert, was immer passiert, wenn eine Frau und ein Mann aneinander herumspielen. Es kam Nachwuchs, und der hatte wieder Nachwuchs und der wieder… Und alle spielten aneinander herum. Weil ihnen praktisch immer langweilig war, dachten sie sich immer neue Spielvarianten aus, und es wurde immer schlimmer. Ziemlich bald hatten sie dreiviertel von der Sache mit der wahren Liebe völlig vergessen und dachten: Rumspielen, das ist die Liebe.

Mein Name ist übrigens Chris, und ich war zu dieser Zeit noch sehr jung, ein Auszubildender an der Angel Academy, ein AAA oder Triple-A, wie man bei uns sagte. Wie alle Studenten hatte ich vor allem Musik und Mit-anderen-Rumhängen im Kopf, deshalb habe ich vieles nicht mitbekommen. Auf jeden Fall muss einiges schon ziemlich aus dem Ruder gelaufen sein, denn irgendwann kam der Chef auf die Idee, etwas zu unternehmen. Eine Plankorrektur sozusagen.

Ich erinnere mich noch wie heute an die große Chefbesprechung. Über elftausend von unseren Jungs hatten sich versammelt, fast die halbe Belegschaft. Der Chef erklärte gerade, dass für uns ab sofort Schluss sei mit dem süßen Leben, aus mit den Chorälen, Feierabend mit dem Harfengeklimper, in den Schrank mit den Posaunen. Er war ziemlich mies drauf an diesem Nachmittag. Ich glaube, er hatte gerade erst erfahren, was seine beiden ersten Ebenbilder da unten angestellt hatten, und es sah wirklich nicht so aus, als machte ihn das besonders glücklich.

«Ab sofort haben wir ein Problem», verkündete er so laut, dass es selbst mich, der sich bei derartigen Anlässen immer in der hintersten Reihe herumdrückte, nach oben riss, wie vom Blitz getroffen. Ich war damals ein Jungspund von ichweißnichtwieviel Jahren (das mit der Zeit ist bei uns anders, aber dazu an späterer Stelle). Auf jeden Fall war ich so blauäugig, dass ich keine Ahnung hatte, worüber der Chef sich so aufregte.

«Da gibt man ihnen den freien Willen, und was ist das Erste, das ihnen einfällt?», donnerte er.

Ja, was war denn das Erste, fragte ich mich und mit mir wahrscheinlich der Großteil der Belegschaft, aber der Chef war wohl nicht in der Stimmung für nähere Erläuterungen. Keiner wagte sich zu rühren. Man hätte eine Flügelfeder auf ein Wolkenkissen fallen gehört.

«Ja was denn, Chef?», piepste Ariel, mein bester Kumpel plötzlich irgendwo aus der Anonymität der Masse heraus. Normalerweise ist er extrem schüchtern, und dass er sich an dieser Stelle meldete, kam einem Wunder gleich. Die Belegschaft erstarrte, die Zeit schien einzufrieren und Ariels Frage schwebte über unser aller Köpfe wie ein übergroßer Ballon voll Wasser, kurz vorm Platzen.

Der Chef starrte in die Versammlung, als wollte er Ariel mit einem Blick nach oben ziehen, ordentlich durchschütteln und vor uns allen für seine Dummheit zur Schau stellen. Doch statt eines weiteren Zornesausbruchs seufzte der Chef nur, und alle atmeten erleichtert auf, dass der Ballon nicht über ihnen geplatzt war.

«Wir brauchen einen Spezialisten», sagte der Chef leise, während er sich die Stirn massierte. Es schien fast so, als würde er ein wenig in sich zusammensinken, obwohl das nicht sein konnte, denn er ist der Chef.

«Und zwar schnell. Irgendwelche Vorschläge?»

Es wurde unruhig in der Belegschaft, die meisten drehten sich zu ihren Nachbarn oder Hintermännern um. Gemurmel, Schulterzucken und Handflächen-nach-oben-Drehen, wohin man sah. Irgendwo fiel eine Harfe um und erzeugte einen unangenehmen Missklang.

«Also gut, andere Frage», sagte der Chef mit matter Stimme. «Wer kennt sich mit der Liebe aus?»

Alle erstarrten, als hätte jeder Angst davor, dass auch nur die kleinste Bewegung als Wortmeldung gedeutet werden könnte. Nach einer Weile schüttelte der Chef den Kopf. Er sah sehr traurig aus, und ich denke, er tat uns allen Leid. Mir wohl am meisten.

«Kopf hoch, Chef», entfuhr es mir. Erschrocken riss ich eine Hand vor den Mund, aber es war zu spät. Der Chef hob tatsächlich seinen Kopf, seine Augen suchten meine, und ab da hatte ich den Job.

«Chris ist ab sofort mein Spezialagent in Sachen Liebe», verkündete er und wirkte dabei schon wieder fast wie in alten Zeiten. Dafür war mir jetzt schlecht.

Zu Anbeginn war der Empfang

Ich hatte von Anfang an keine Ahnung von dem, was ich tat. Ich war jung, wir alle waren noch sehr jung. Die Menschheit hatte gerade mal ein paar Tausend Jahre auf dem Buckel.

Zwar konnte ich ziemlich gut die Harfe spielen, und in Posaune war ich auch nicht schlecht. Im Chor hatte ich es zum Solisten gebracht, und auch in himmlischer Buchführung war ich einigermaßen bewandert. Aber von dem, was Menschen unter Liebe verstehen, hatte ich keinen Schimmer. Trotzdem sollte ich genau in dieser Sache die rechte Hand vom Chef werden. Nun, was dem Chef eine Idee, ist uns ein Gesetz, und so blieb mir nichts übrig, als mich ins Thema zu stürzen und ein Experte in Sachen Liebe zu werden. Natürlich musste ich dennoch von allen internen Abläufen Ahnung haben, und so bekam ich als Erster in der Belegschaft eine Spezialausbildung.

Zunächst durchlief ich so ziemlich alle Jobs, die ein Engel jemals haben kann. Ich war bei den Abholern und am Empfang, arbeitete bei den himmlischen Boten und in der Registratur. Ich begleitete Heilige beim Erzeugen von Wundern, schaffte auch selbst ein paar ganz ansehnliche, und natürlich war ich eine Zeit lang Schutzengel. Ich stand Modell für die berühmtesten Maler und Bildhauer und – ehrlich gesagt – war ich an der Erfindung der Langposaune nicht ganz unbeteiligt. Nicht dass ich prahlen möchte, aber ich glaube, es gibt kaum einen Engel, der je eine breitere Ausbildung durchlaufen hat als ich. Nach ein paar Hundert Jahren bekam ich vom Chef eine Dienstnummer ganz vorne, die Nullnullzwo, um genau zu sein. Die Nullnulleins war schon seit ewigen Zeiten vergeben, an einen besonderen Mitarbeiter, der, wie es der Chef in einem flüchtigen Nebensatz ausdrückte, nicht mehr wirklich Teil unserer Belegschaft war. Damals sagte mir das gar nichts, heute weiß ich, dass er damit Lou meinte, den Gefallenen, den Abtrünnigen, die Legende. Doch dazu später mehr.

Ich war also die Nullnullzwo und erfuhr, dass nur Engel mit der Doppelnull die Lizenz haben, jederzeit auch ohne Auftrag auf die Erde zu gehen und dort nach eigenem Ermessen zu handeln. Das war ein großer Vertrauensbeweis vom Chef, und ich wollte alles daran setzen, ihn nicht zu enttäuschen.

Neben meiner formellen Ausbildung in den Verwaltungsabteilungen durfte ich ab sofort nach Belieben auf der Erde unter Menschen verweilen und Feldstudien betreiben – ein Privileg, das ich zunächst zögerlich, bald aber in vollen Zügen genoss. Zunächst ging es darum, möglichst viel über das zu erfahren, was die Menschen unter Liebe verstanden. Dabei kam ich räumlich und zeitlich gesehen ziemlich herum und beobachtete, was das Zeug hielt. Es war schon sehr interessant, aber zu Beginn auch ziemlich verwirrend. Stellen Sie sich nur einmal vor, Sie wären jahrelang alleine auf Dienstreise, kein Mensch kann Sie sehen, und Sie können sich nicht einmal ein Bier bestellen. Meistens sehnte ich die Zeiten schon richtig herbei, in denen ich oben eine Weile mit den Kollegen ruhigen Dienst schieben durfte.

In diesem Zusammenhang erinnere ich mich immer wieder gerne an die Zeit am Empfang und an Josh. Der Tag, an dem ich ihn traf, war eindeutig ein Wendepunkt in meinem bis dahin manchmal etwas einsamen Ausbildungswerdegang. Josh und ich arbeiteten an der Aufnahme und versuchten Ordnung in den endlosen Strom von Neuzugängen zu bringen. Unser Job bestand darin, die Eingänge den Verweilebenen zuzuteilen. Je höher die Nummer, umso näher am Chef. Es gibt einhundertelf Ebenen. Schön sind sie alle, aber eine darüber liegende Ebene ist eben doch immer ein wenig schöner als die darunter.

Bei der ständigen Flut an Eingängen hatten wir nur Zeit für eine Frage, und die lautet damals wie heute:

‹Wenn Sie auf Ihr Leben zurückblicken – waren Sie eher die Dunkelheit oder mehr das Licht?›

Wir verraten natürlich keinem, dass es gar nicht darum geht, wie viel er wovon war. Jeder ist immer alles. Die Eingangsfrage dient allein dazu herauszufinden, wie viel der Befragte von dem Thema überhaupt verstanden hat. Wir nennen das Bewusstheit, und die erkennen wir eben an der Antwort.

«Ich bin das Licht, und ich bin der Schatten.»
«Philosoph», sagte Josh.
«Achtundneunzig», sagte ich und drückte dem Mann eine Nummer in die Hand.

«Licht natürlich. Ich war immer gut.»
«Krimineller», entschied ich und suchte nach der entsprechenden Nummer.
«Josh, die fünfundzwanziger Marken sind aus.»
«Kommen erst morgen wieder. Gib ihm eine Achtzehn.»
«Die sind auch aus.»
«Haben wir noch Einstellige?»
«Mehr als genug.»
«Wir sollten zusehen, dass wir die unter die Leute bekommen.»
Ich drückte dem Neuzugang eine Sieben in die Hand.
Zugegeben, rückblickend tun mir manche Jugendsünden wirklich Leid. Heute würde ich einiges anders machen, heute bin ich reifer und mitfühlender. Aber damals… Sie wissen, was man in der Pubertät alles anstellt. Nichts als Unsinn im Kopf, und die Freundschaft mit Josh war dem nicht gerade abträglich. Ja, Josh und ich hatten eine Menge Spaß zusammen, selbst bei diesem eher langweiligen Job.

«Licht und Schatten sind ohne Bedeutung, genauso wie die Frage danach. Bedeutung hat nur das Sein an sich. Und nicht einmal das hat Bedeutung.»
«Erleuchtet», entschied Josh und knallte den entsprechenden Stempel auf die Eingangsurkunde. Ich kramte nach der Hundertneun.

«Ich verstehe die Ausgangsfrage nicht, und Spekulationen sind nicht mein Fachgebiet. Außerdem ist die Definition von Licht und Dunkelheit subjektiv.»

«Wissenschaftler», sagte ich und drückte dem Zugang mit der Bemerkung «Ist noch ein weiter Weg» eine Vierzig in die Hand.

«Darum geht es hier gar nicht. Worum es geht, ist ein umsetzbares Programm für eine gemeinsame Zukunft.»

«Politiker», entschied Josh. Ich reichte ihm eine Dreiunddreißig. Politiker kamen ausnahmslos in die Dreiunddreißig, alles andere hätte für Chaos gesorgt. In der Dreiunddreißig waren sie unter sich, konnten debattieren, solange sie wollten, ohne dass es jemanden störte. Die Dreiunddreißig war eine sehr spezielle Ebene. Es war kaum ein Fall bekannt, in der jemand sie verlassen hatte, um aufzusteigen, und von unten Kommende übersprangen die Dreiunddreißig einfach. Ich denke, das lag daran, dass hier keine neuen Erkenntnisse aufkamen. Alles, was geschah, bewegte sich im Kreis. In keiner anderen Ebene wurde so viel geredet und so wenig verstanden. Keiner hörte dem anderen wirklich zu, jeder wollte nur sein Zeug loswerden, das er meistens selbst nicht genau verstand.

Es war einmal vom Chef angedacht worden, die Dreiunddreißiger auf andere Ebenen zu verteilen, um ihnen die Möglichkeit zum Austausch und damit zu Wachstum und Erkenntnis zu geben. Wir führten einen Feldversuch durch und mussten feststellen, dass schon die Anwesenheit eines einzigen Dreiunddreißigers in einer anderen Ebene dazu führte, dass nur noch einer sprach und die anderen zuhören mussten. Der Versuch wurde schnell wieder abgebrochen.

«Dunkelheit. Mein ganzes Leben war von Finsternis umhüllt. Überall nur tiefe Schwärze. Ich bin ein Sünder. Ich bereue alles, was ich jemals getan habe.»

«Armer Kerl», murmelte ich, blätterte mit dem Zeigefinger durch den Nummernkasten.

«Sünde ist eine Erfindung der Menschen», sagte ich dann laut, klopfte ihm aufmunternd auf die Schulter und gab ihm eine Vierundneunzig. Ich hatte einfach das Gefühl, er hätte es verdient. Jaja, ich gebe zu, es ging nicht immer ganz objektiv zu, wenn Josh und ich Dienst hatten, aber wir waren niemals wirklich ungerecht oder gemein.

«Ich habe immer gegen die Achse der Dunkelheit gekämpft. Und ich habe gewonnen.»

«Präsident», entschied Josh. Er sah mich an. «Wohin kommen noch mal die Präsidenten?»

«Eigentlich die Dreiunddreißig, oder?»

«Schon, aber der hier ist vielleicht doch ein wenig speziell.»

Ich zuckte mit den Schultern. «Dann unter *Sonstiges*?»

«Einen Augenblick bitte», sagte Josh zu dem Präsidenten-Neuzugang und nahm mich zur Seite.

«Wenn wir den in eine der normalen Ebenen stecken, ist das Theater vorprogrammiert», sagte er leise. «Der zettelt eine Revolte an oder einen Krieg oder so. Auf jeden Fall ein Sack voll Ärger.»

Ich nickte und zuckte gleich darauf mit den Schultern.

«Und was sollen wir jetzt machen? Den Chef fragen?»

«Und uns damit als Idioten preisgeben, die nicht mal den Empfang machen können?»

«Was denn dann?»

«Zurückschicken», sagte Josh. «Sollen sich doch unsere Nachfolger mit ihm beschäftigen, wenn er das nächste Mal kommt.»

«Josh, alles, was Recht ist, aber Zurückschicken ist verboten, das weißt du genau. Und außerdem, wer sagt denn, dass wir nicht immer noch Dienst haben, wenn der hier wieder kommt?»

Josh wirkte jetzt irgendwie mutlos. Ich legte eine Hand neben den Flügelansatz auf seiner Schulter.

«Was hältst du davon, wenn wir ihn in die Fünfundfünfzig schicken?»

«Zu den Verrückten?»

«Warum nicht?»

Die Fünfundfünfzig war die Ebene, die sich genau in der Mitte befand, wenn man die Hundertelf, die ja die Chefebene war, nicht mitzählte. Menschen, die zu Lebzeiten von anderen Menschen als Irre eingestuft wurden, balancierten meistens an der Schwelle zwischen völliger Erleuchtung und totalem Absturz in die Dunkelheit. Deshalb war die Fünfundfünfzig für sie ideal. Eigentlich gab es dort meines Wissens keine Politiker, denn irgendwie hatte die Dreiunddreißig auch eine Menge von der Fünfundfünfzig.

Wir nickten uns zu und kehrten zu dem wartenden Präsidenten-Neuzugang zurück.

«Fünfundfünfzig», sagte Josh und drückte dem Ankömmling die Nummer in die Hand.

«Ich will doch mal stark hoffen, dass das die höchste Nummer ist, oder?», sagte der Ex-Präsident.

Josh und ich sahen uns kurz an.

«Sozusagen», antworteten wir beide gleichzeitig.

Bis auf solche Fälle war der Job am Empfang eigentlich sturzlangweilig, aber Josh und ich verstanden es trotzdem, uns eine mächtig gute Zeit zu machen. Wir alberten herum, jonglierten mit unserem Ermessenspielraum – natürlich immer im Rahmen des Chefplans – und dachten uns immer wieder neue Spiele aus. Eines davon war Nummernraten, wobei es, wie der Begriff schon andeutet, darum ging zu erraten, welche Stufe der nächste Zugang bekommt, noch ehe er geantwortet hat. Wir notierten die Abweichungen unserer Wetten von der Realität, ähnlich einem Punktekonto beim Skatspiel.

Josh war eindeutig besser, und nach ein paar Jahren hatte ich jede Hoffung verloren, ihn jemals einholen zu können.

Eines Tages konnte ich mich nicht mehr beherrschen, und an meiner Niederlage war ohnehin nichts mehr zu rütteln.

«Josh, wie machst du das nur?», wollte ich wissen. «Du liegst selten mehr als zehn Punkte daneben.»

«Wenn ich es dir verrate, spielst du nicht mehr mit», sagte Josh.

«Ich spiele sowieso nicht mehr mit, weil ich keine Chance habe.»

«Na gut», sagte Josh. «Ich lese ihre Gedanken.»

«Du tust was?»

«Du sagst es doch nicht weiter, oder?»

«Josh, du weißt, dass das verboten ist. Und außerdem ist das Schummeln. Du hast mich beim Spiel beschummelt.»

«Hängst du mich jetzt beim Chef hin?»

«Natürlich nicht, aber versprich mir, dass du damit aufhörst.»

«Versprochen», sagte Josh, und an seinem Gesichtsausdruck merkte ich, dass er es ernst meinte.

Eigentlich war es ja nur ein Spiel gewesen, aber ich gebe zu, dass die Schummelei von Josh mir gegenüber unserer Freundschaft einen winzigen Knacks gegeben hat. Kaum sichtbar, aber eben doch ein Knacks.

Kurz darauf wurden wir beide versetzt, ich zu den Abholern und Josh in die Verwaltung. Wir sahen uns lange nicht mehr, bis die Umstände uns eines Tages wieder zusammenführen sollten.

Der Unfall mit dem Herz

Über meine Exkursionen auf die Erde verlangte der Chef regelmäßig alle paar Jahrzehnte einen Bericht, was dann typischerweise etwa so ablief:

«Und? Was gibt's Neues da unten, Nullnullzwo?»

«Sie lieben und sie schlagen sich. Aber eigentlich schlagen sie sich viel mehr, als dass sie sich lieben.»

«Ein alter Hut, ich will wissen, was es Neues gibt.»

«Also, sie haben jetzt das Rad erfunden, und überall bauen sie diese Pyramiden, in Mexiko und in Ägypten und sonstwo. Dann wäre da noch der Untergang Trojas, ach ja, und Moses hat endlich die Gebote gefunden.»

«Na, das wurde ja auch Zeit. Wie reagieren sie darauf?»

«Schwer zu sagen. Im Augenblick schlagen sie sich wieder überall, da hat keiner Zeit zum Lesen.»

Der Chef murmelte etwas, das ich nicht verstehen konnte, wahrscheinlich weil er wollte, dass ich es nicht verstehe. Er saß eine ganze Weile nur da und grübelte.

«Ich sehe schon, ich werde meinen Sohn runter schicken müssen», sagte er schließlich.

«Mit Verlaub, darf ich offen sprechen, Chef?»

Der Chef nickte kurz.

«Natürlich ist das mit dem Sohn grundsätzlich eine brillante Idee, keine Frage. Aber im Augenblick… Nun, wie gesagt, sie schlagen sich gerade ziemlich viel.»

«Das tun sie doch schon immer, ist doch nichts Besonderes.»

«Aber wenn du deinen Sohn da mitten rein schickst… Ich meine, vielleicht wäre eine ruhigere Zeit passender. Dann hören sie auch besser zu.»

«Dann sag du mir doch: Wann hatten sie die letzte wirklich ruhige Zeit?»

Ich dachte kurz nach.

«Lemurien», sagte ich schließlich. «Damals war es ziemlich friedlich.»

«Ist schon eine ganze Weile her, nicht wahr? Wann noch?»

«Atlantis. Zumindest am Anfang.»

«Und am Ende?»

Ich zuckte mit den Schultern.

«Siehst du?», sagte der Chef.

«Das ist doch kein Beweis», hielt ich dagegen. «Zu Beginn waren sie auf jeden Fall ziemlich lange brav. Zumindest bis sie entdeckt haben, was man mit dem freien Willen alles anstellen kann.»

Der Chef setzte sich zurecht, zupfte an seinem Gewand herum und räusperte sich.

«Chris, ich schätze deinen Rat sehr, das weißt du. Aber wenn ich warte, bis sie von selbst Einsehen und Erkenntnis bekommen, brauche ich meinen Sohn nicht mehr hinunter zu schicken.»

«Vielleicht war das mit der Selbstbestimmung ja doch nicht so…» Ich hielt mir die Hand vor den Mund. Chefkritik war keine gute Sache, so etwas sprach sich in der Belegschaft schnell herum. Der Chef musterte mich. Ein lauernder Ausdruck lag auf seinem Gesicht.

«Hmmm?»

«Naja, bisher hat es fast nur Ärger gebracht.»

Jetzt war es raus.

«Mein lieber Chris», der Chef beugte sich nach vorne, «hätte ich den freien Willen nicht erfunden, gäbe es weder Zweifel noch Zukunftsängste noch Vergangenheitsreue. Die Menschen lebten nur im Augenblick und nur aus ihren Herzen heraus, aber es gäbe auch nichts zu lernen und zu erfahren. Und genau das ist ein Sinn des Lebens.»

Naja, und so weiter. Die Gespräche liefen auf die eine oder andere Weise immer wieder sehr ähnlich ab, eben deshalb, weil sich bei den Menschen nicht wirklich etwas veränderte. Und wie das Experiment mit dem Sohn vom Chef letztlich ausging, wissen Sie ja selbst.

Eines Tages geschah dann aber doch etwas Besonderes, und ich beantragte eine Sonderbesprechung, obwohl die letzte erst fünfzig Jahre zurück lag.

«Worum geht es?», erkundigte sich der Chef.

«Gute und schlechte Nachrichten. Was zuerst?»

Der Chef seufzte. «Die schlechten. Aber bitte fasse dich kurz.»

«Also, ich habe herausgefunden, dass die Einführung der Sprache damals ein großer Schritt in Richtung völliger Verwirrung war, was sich erst jetzt immer deutlicher zeigt.»

Der Chef griff sich an die Stirn.

«Das wird ja immer schlimmer. Und ich dachte, das Wort hilft ihnen, deshalb habe ich es ja an den Anfang gesetzt.»

«Das war wohl leider keine so gute Idee. Sie stellen eine Menge Unsinn damit an, besonders mit dem Wort *Liebe*. Zum Beispiel sagen sie ‹Ich bin verrückt vor Liebe›.»

«Verrückt!»

«Genau. Und sie haben da oft so ein Gefühl, das nennen sie Liebeskummer.»

«Aha.» Die Miene des Chefs zeigte, dass er keine Ahnung hatte, wovon ich sprach.

«Das bekommen sie, wenn sie merken, dass der andere nicht das macht, was sie wollen», ergänzte ich.

«Und was soll das mit Liebe zu tun haben?»

Ich zuckte mit den Schultern.

«Keine Ahnung. Aber ich glaube, sie fühlen sich einsam, sinnlos und wertlos, wenn sie nicht bekommen, was sie sich wünschen.»

«Einsam, sinnlos und wertlos», wiederholte der Chef nachdenklich. «Meine Ebenbilder…».

«Das ist noch nicht alles. Sie haben sich etwas ausgedacht, das nennen sie *Liebe machen*.»

«Liebe *machen*? Aber das ist völlig absurd! Was denken die sich dabei?»

«Ich glaube, sie meinen entweder *Kinder machen* oder *Spaß haben*.

«Warum sagen sie es dann nicht?»

«Ich sage ja, die Sprache ist ein echtes Problem, vor allem, weil sie damit auch noch denken. Um dem Ganzen die Krone aufzusetzen, sind sie überzeugt, das zu sein, was sie denken. Zu allem Graus wird das Wort Liebe andauernd überall verwendet. Es gibt da sogar eine Imbisskette, die werben mit dem Satz ‹*ich liebe es!*› für Frikadellenbrötchen.»

«Genug!» Der Chef machte eine weit greifende Handbewegung. Es war mir wirklich unangenehm, ihm solche Dinge von seiner schönen Schöpfung zu berichten, aber das war damals nun einmal mein Job.

«Das klingt jetzt vielleicht alles schlimmer, als es ist», sagte ich und schlug dabei einen beschwichtigenden Tonfall an. «Irgendwie entwickeln sie sich schon weiter, insgesamt gesehen. Nur, seit sie angefangen haben zu sprechen, denken sie halt auch viel mehr, und seit sie so viel denken, fühlen sie weniger, und deshalb fangen sie an, nicht nur die Liebe in Worte zu fassen.

«Ja, was denn sonst noch?»

Der Chef war jetzt nicht mehr wirklich die Ruhe selbst.

«Wie soll ich das jetzt sagen…»

«Einfach raus damit!»

«Also, sie fangen damit an, den Chef in Worte zu fassen.»

«Wen, mich?»

«Genau. Sie haben Berufe erfunden, in denen sich einige von ihnen damit beschäftigen, den anderen zu erzählen, was du bist.»

«Du beliebst zu scherzen.»

Ich schüttelte den Kopf. «Keinesfalls. Wirklich, diese Spezialisten genießen hohes Ansehen da unten. Philosophen, Dichter, Priester, eine ganz eigene Branche, und sie boomt ohne Ende. Und zusätzlich erzählen alle eine Menge über die Liebe.»

Der Chef starrte mich an und schüttelte ungläubig den Kopf.

«Die sind schon wieder völlig aus dem Ruder gelaufen», murmelte er, eher zu sich selbst als zu mir. «Ich muss mir da schnellstens etwas überlegen.»

Da ich aus den Zeiten von Atlantis und der letzten Sintflut wusste, wohin die Überlegungen des Chefs in solchen Fällen führen konnten, hatte ich das dringende Bedürfnis, dieser Entwicklung mit einem positiven Beitrag über meine Ermittlungen entgegenzusteuern. Und zwar, noch ehe der Chef auf wirklich dumme Gedanken kam.

«Zeit für die guten Nachrichten», sagte ich, klatschte in die Hände und versuchte heiter zu klingen. «Es gibt trotz allem Hoffnung.»

Der Chef merkte auf. «Welcher Art?»

«Ich habe festgestellt, dass man ihren ursprünglichen Schöpfungszustand von Göttlicher Liebe nahezu wieder herstellen kann, wenn man die Menschen am Herz berührt. Eigentlich kam ich durch einen Unfall darauf. Ich stand neben einem dieser Redner, der gerade einen Vortrag hielt. Ich glaube, es ging um Sünde oder so.»

«Was ist denn das schon wieder?»

«Eines der Dinge, die sie sich ausgedacht haben, nicht so wichtig. Auf jeden Fall redete er so vor sich hin, und ich stand direkt neben ihm. Manchmal, wenn ich ein wenig Spaß haben will, mache ich so Dinge mit meinen Händen.»

Ich zeigte dem Chef, was ich meinte.

«Du dirigierst?»

Es war mir ein wenig unangenehm, aber vor dem Chef hatte man keine Geheimnisse.

«So ungefähr», sagte ich. «Wenn einer so lange redet und ich sowieso schon weiß, was kommt, begleite ich seine Ansprache. Aus Langeweile eben.»

«Aha.» Der Chef runzelte ein wenig die Stirn.

«Also, plötzlich dreht sich der Mensch zur Seite, macht einen Schritt in meine Richtung und läuft genau in mich rein. Ich meine, in meine Hand. Mit seinem Herz.»

Der Chef beugte sich gespannt nach vorne.

«Und?»

«Er erschrickt kurz, taumelt einen Moment zurück, und auf einmal gibt er lauter pfiffige Dinge über die Liebe zum Besten.»

«Aha. Was denn?»

Ich sammelte mich kurz, fasste mich an die Nase und versuchte mich an die Rede zu erinnern.

«Dass die Menschen sich deshalb immer im Herzen einsam fühlen, weil sie sich so sehr nach der Liebe sehnen. Sie glauben, diese Liebe bekämen sie von anderen Menschen, und deshalb suchen sie wie verrückt nach solchen Menschen. Und wenn sie einen gefunden haben, tun sie alles, damit er nicht mehr abhaut. Aber Menschen im Leben kommen und gehen, und damit kommt und geht auch ihre Zuneigung, und es kommt und geht das Gefühl von Einsamkeit. So ungefähr.»

«Nicht übel. Sonst noch was?»

«Er sagte, wer die Liebe in sich selbst spürt, statt sie im anderen zu suchen, ist angekommen, und alles um ihn herum wird sich verändern. Er wird nie mehr suchen und ist nie mehr einsam. Und er steckt andere damit an.»

Der Chef nickte anerkennend.

«Ein wenig vereinfacht, aber es ist ja auch ein großes Thema. Immerhin besser als vieles, das wir sonst schon gehört haben, oder?»

Ich nickte.

«Ja, es war wirklich überraschend, Chef. Und ich glaube, es lag daran, dass ich sein Herz berührt hatte.»

«Du gehst gleich noch einmal hinunter und überprüfst das, hörst du?»

«Okay.»

«Und wenn es stimmt, bilden wir Sondereinheiten, und du wirst sie anführen.»

Ich nickte und machte mich auf den Weg.

Die Auswahl

Es stimmte!

Ich berührte, was das Zeug hielt, und der Effekt war immer wieder verblüffend. Vom Heulkrampf über Freudensprünge bis hin zur spontanen Erleuchtung – die Reaktionen der Menschen auf eine Herzberührung mit himmlischer Liebe waren verblüffend und selten vorhersehbar. Aber eines waren sie immer: Wunder. Nicht für mich, ich bin ein Engel, ich bin das gewöhnt, weil es mein Job ist, aber die Betroffenen nannten es häufig so.

Da meine Ausbildung inzwischen beendet war und der Chef auf die Einrichtung der von ihm beschlossenen Spezialeinheiten drängte, suchte ich mir ein paar Studenten für die anstehende Aufgabe. Natürlich waren die meisten meine Kumpels, und keiner von ihnen war jemals auf der Erde gewesen. Ich wusste, dass einigen ein Schock bevorstehen würde.

«Jungs», sagte ich, «es geht um alles oder nichts. Unser Auftrag vom Chef lautet, den Menschen wieder nahezubringen, was die Liebe ist, und damit seine Schöpfung wieder auf den richtigen Weg zu bringen. Dafür haben wir alle Vollmachten. Fragen?»

«Worum geht's noch mal?», piepste Ariel, und ich überlegte, ob mein freundschaftsorientiertes Auswahlkriterium nicht doch zu der einen oder anderen personellen Fehlentscheidung geführt hatte.

«Es geht um die Liebe, Ariel», erklärte ich geduldig. «Die Menschen werfen da einiges durcheinander, und unser Job wird es sein, die Dinge wieder auf die Reihe zu bringen.»

«Versteh' ich nicht», sagte Ariel. Ein wenig konnte er einen schon auf die Palme bringen.

«Nun, Ariel, die Menschen machen gerade die Welt kaputt und sich gegenseitig noch dazu. Oft tun sie es im Namen der Liebe und meistens im Namen vom Chef. Wir sollen verhindern, dass es schlimmer wird.»

Ich sah Ariel bohrend an, ein wenig in der Hoffnung, er würde schulterzuckend erklären, dass ihm dies alles zu kompliziert wäre und er lieber wieder Harfe üben wollte.

«Verstehst du, Ariel, die Schöpfung vom Chef – kaputt gemacht im Namen vom Chef. Man nennt das ein göttliches Paradoxon.»

«Ach so», sagte Ariel, und ich wusste nicht, ob er mich verstanden hatte oder ob ihm einfach keine neue Frage mehr einfiel.

Ich wendete mich wieder der Gruppe zu, die insgesamt aus dreißig Engeln bestand.

«Jungs, was jetzt kommt, klingt hart», erklärte ich. «Nur sieben von euch werden durchkommen und die begehrte Doppelnull erhalten. Der Rest fliegt raus.»

«Fliegt raus?», wiederholte Ariel, der leider seine Sprache schnell wieder gefunden hatte. Alte Freundschaft hin oder her, ich hatte das Gefühl, dass er einer der Ersten sein würde, wenn die Auswahl schrumpfte.

«Genau», sagte ich nur.

«Warum nur sieben? Warum nicht acht?», erkundigte sich Albert, den ich schon auf der Akademie als brillanten Denker und leidenschaftlichen Mathematiker kennen gelernt hatte.

«Weil ich die Nullnullzwo bin und die Eins schon vergeben ist», erklärte ich.

«An wen?»

«Ich bin gehalten worden, keinen Kommentar abzugeben.»

«An Lou, oder?», meldete sich Ariel, und ich hätte ihn schütteln können. Stattdessen ignorierte ich seine Frage einfach nur und fuhr fort.

«Wir werden gemeinsam runtergehen. Wir bleiben alle dicht zusammen. Seht mir einfach zu und folgt meinem Beispiel. Ihr braucht keine Angst zu haben, ich habe das schon ein paar Tausend Mal gemacht. Es ist völlig ungefährlich. Allerdings geschehen dort unten Dinge, die einige von euch schockieren werden. Die Menschen sind eben alle keine Engel.» Ich blickte in eine Runde betretener Gesichter. «Ihr habt euch freiwillig gemeldet. Noch ist Gelegenheit zurückzutreten.»

Ich sah Ariel nachdrücklich an. Er schien sich nicht im Geringsten unwohl zu fühlen und lächelte zuversichtlich zurück.

«Gut», sagte ich. «Derzeit haben wir gerade das Alte Ägypten. Später besuchen wir dann noch das antike Rom kurz vor dem Untergang. Ideal für eine Intensivschulung. Für lange Eskapaden reicht die Zeit sowieso nicht.»

«Was soll das bedeuten, dass die Zeit nicht reicht?», erkundigte sich Rafael, der schon immer ein aufmerksamer Zuhörer war.

«Der Chef ist ein wenig ungeduldig geworden mit den Menschen», erklärte ich nur knapp.

Rafael nickte, wie einige andere auch, die die Anspielung verstanden hatten.

«Als Erstes werden wir uns diverse Situationen ansehen, welche die Menschen als Liebe verstehen. Alles klar?»

Die Jungs nickten. Flügelrascheln, Gewänderordnen, leises Gemurmel.

«Okay, dann gehen wir jetzt runter.»

Ich hatte einen Lehrplan entwickelt, in dem jeder Triple-A zunächst einmal drei Dinge zu tun hatte: Beobachten, beobachten und beobachten. Möglichst vielen Situationen beiwohnen, die von Menschen mit dem Begriff *Liebe* verbunden werden. Haben Sie sich damit schon einmal beschäftigt? Sie ahnen ja gar nicht, wie viele Varianten es gibt. Wahrscheinlich werden Ihnen auf Anhieb die körperliche und die hemmungslose Liebe einfallen. Aber denken Sie nur an die kindliche Liebe, die Vater- und Mutterliebe, die besessene, die abhängige und die alles erdrückende Liebe. Oder die scheinbare und die falsch verstandene Liebe. Oder sogar die ganz falsche Liebe, die in Wirklichkeit gar keine ist. Die verpasste Liebe, die heiße, die wieder aufflammende und die erloschene Liebe.

Eigentlich ist es erstaunlich, was die Menschen im Laufe von hunderten Generationen alles erfunden haben. Einige besonders kuriose Ableger wie die Hassliebe, das Liebesdrama, die fordernde und die dienende Liebe, die eingebildete Liebe, der Liebestropf, der Liebestaumel, der Liebesersatz oder die Liebe, die durch den Magen geht, sind ja fast schon Klassiker der Weltliteratur geworden. Die vorgetäuschte, eingebildete, falsch verstandene und unerfüllte Liebe sind nur vier der Ausprägungen, die den Menschen eine Menge Kopfzerbrechen bereiten. Immerhin gibt es auch einige schöne Varianten, wie die heilende Liebe, die Seelenliebe, die endlose Liebe und das Versinken im Meer aus Liebe. Und nicht zu vergessen: die bedingungslose Liebe, die wahrhaft göttliche Form, von der manche behaupten, sie wäre die einzig wahre Liebe, weil sie nichts verlangt und niemanden verändern will. Leider noch immer die am wenigsten verbreitete Variante, weshalb wir ja auch unseren Spezialauftrag vom Chef bekommen hatten.

Das alles klingt nicht nur sehr kompliziert, es ist es auch, und deshalb führt es unter den Menschen praktisch pausenlos zu Missverständnissen. Beispielsweise kann eine Frau im Meer aus Liebe versinken, während die Liebe bei ihrem Mann im selben Augenblick nur durch den Magen geht. Oder jemand nutzt die eingebildete Liebe des anderen aus, um körperliche Liebe zu bekommen. Oder ein Mensch befindet sich derart im Liebestaumel, dass er seinen potenziellen Partner einfach umrempelt. Auf die Folgen der dunkleren Varianten wie der Hassliebe oder der selbstquälerischen Liebe möchte ich hier nicht näher eingehen, denn die kennen Sie ja selbst gut genug.

Auf jeden Fall sehen Sie schon, dass der Erfindungsgabe der Menschen bei diesem Thema praktisch keine Grenzen gesetzt sind. Albert, unser Zahlengenie, hat einmal ausgerechnet, dass es etwa sieben Trillionen Kombinationsmöglichkeiten gibt. Das ist eine Sieben mit zwölf Nullen. Und das nur zwischen zwei Menschen! Stellen Sie sich mal einen Dreier vor…

Weil dies alles selbst den Erfindern zu kompliziert geworden ist, haben die Menschen ein neues Wort erfunden, welches sämtliche Arten der Liebe zusammenfassen soll: *Beziehung*. Darunter verstehen sie so ziemlich alles außer beiderseitiger bedingungsloser Liebe, denn das fällt dann unter den Begriff *wahre Liebe*.

Vorausgesetzt, ich habe das alles richtig verstanden, worin ich mir keinesfalls sicher bin. Obwohl ich Jahrhunderte lang beobachtet, analysiert, kategorisiert, registriert und immer wieder studiert habe, alles in der Hoffung, dem Geheimnis menschlicher Liebe auf die Spur zu kommen, habe ich am Ende noch immer keinen Schimmer.

Natürlich durfte ich das meinen Studenten gegenüber nicht zugeben, und vielleicht war es auch egal, denn unsere wirkliche Aufgabe bestand ja nicht im Verstehen, sondern im Berühren menschlicher Herzen. Und dabei mussten wir sehr überlegt vorgehen, denn trotz der Größe unserer Belegschaft gab es deutlich mehr Menschen als Engel. Für den Erfolg unserer Mission war es also entscheidend zu lernen, wie ein Engel seine Kräfte sinnvoll einsetzt. Zu wissen, wo es sich lohnt, aktiv zu werden, das ist genau der Punkt, der den Experten ausmacht, den Profi vom Anfänger unterscheidet. Hier trennt sich bereits in den ersten Lehrjahren die Spreu der Triple-A vom Engelweizen. Es gibt Menschen, da könnten Sie Herzen berühren, bis der Finger wund wird, und nichts ändert sich, und andere, da genügt nur ein kleiner Hauch, ein Luftzug von göttlicher Liebe, und das ganze Leben steht Kopf. Die lohnenden Fälle herauszufinden, das war die Aufgabe des wahren Könners.

Irgendwann hatten die Jungs genug beobachtet, ich hatte ihre Stärken und Schwächen in der Praxis kennen gelernt, und die Zeit für das abschließende mündliche Examen war gekommen. Ich hatte mir einige Fragen ausgedacht, mit denen ich aus den letzten vierzehn Bewerbern die sieben künftigen Doppelnullen auswählen wollte. Ariel war übrigens noch immer dabei, und obwohl ich ihn mochte, hoffte ich ein ganz klein wenig, er würde doch noch durchfallen.

Ich kann mich nicht mehr genau an die Epoche erinnern, aber ich entsinne mich, dass Ariel und ich während des Kolloquiums auf einem riesigen hölzernen Pferd saßen, das gerade von seinen Erbauern auf das Haupttor einer mächtigen Stadt in der Wüste zugeschoben wurde.

«Die Menschen haben unzählige Namen für den Chef», sagte ich zu Ariel, der mir sichtlich nervös gegenüber saß. «Nenne mir sieben.»

«Yahwe, Jehova, Elohim, Allah, El Shaddai, Chemosh, Adonai, Zebaoth.» Die Antwort kam, wie aus der Pistole geschossen.

Ich sah ihn streng an. «Das waren acht. Es gibt keine Zusatzpunkte, falls du darauf spekulierst.»

Ariel musterte mich, blass und mit noch dünneren Lippen als sonst.

«Alle Erzengelkollegen, in alphabetischer Reihenfolge rückwärts», forderte ich.

Ariel legte die Stirn in Falten. «Zadkiel, Uriel, Sandalphon, Raziel, Raphael, Raguel, Michael, Metatron, Jophiel, Jeremiel, Haniel, Gabriel, Chamuel, Azrael.»

«Und…?», bohrte ich.

«Äh, Ariel», stammelte Ariel.

«Na gut, das will ich noch mal gelten lassen», sagte ich und nickte gnädig. Ariel war gut. Ich musste die Schwierigkeitsstufe steigern.

«Der Satz *Ich liebe dich* in zwölf Sprachen. Elf Sekunden Zeit», wies ich ihn an.

Ariel holte tief Luft. «Ek het jou Lief, Ya tebe kokhayu, Ngo oi ney, Behibak, Wo ai ni, Jeg elsker dig, I love you, Nagligivget, Rakastan sinua, Aloha wau ia 'oe, Nakupenda, Ngiyakuthanda», ratterte er.

«Was sind denn das für Sprachen?», erkundigte ich mich verblüfft, nachdem ich nur den englischen Satz verstanden hatte.

«Afrikaans, Ukrainisch, Kantonesisch, Arabisch, Mandarin, Dänisch, Englisch, Eskimo, Finnisch, Hawaiianisch, Suaheli und Zulu», klärte Ariel mich auf.

Ich musste feststellen, dass mein schmächtiger Kollege in Theoriefragen praktisch perfekt vorbereitet war. Wenn ich ihm klarmachen wollte, dass er nicht in unsere Truppe passte, musste ich ihm seine Schwächen vor Augen führen.

«Nun, dann kommen wir jetzt zu den Praxisfragen», sagte ich. «Was sind bei einem Menschen die drei wichtige Anzeichen von massivem Liebesmangel?»

Ariel dachte kurz nach, wobei er seine schmalen Lippen zusammenpresste, bis sie nicht mehr zu sehen waren.

«Wildes Herumsuchen nach Zuneigung. Häufig schlechte Stimmungen. Je nach Typ haufenweise grundlose Angst oder Aggressivität.»

Ich nickte. «Drei wesentliche Unterschiede zwischen Frauen und Männern?»

Ariel rubbelte sich mit dem Zeigefinger unter der Nase herum. «Gefühl versus Verstand. Kinderkriegen versus Kindermachen und äh...» Er sah angestrengt nach oben und ich nickte ihm aufmunternd zu. «Glauben statt Zweifeln?»

Ich schüttelte den Kopf. «Leider falsch.»

Ariel sah mich an, wie ein Hund, der eine Pfütze im Wohnzimmer seines Herrchens gemacht hatte, und in diesem Augenblick tat er mir echt Leid. Vor allem aber merkte ich, dass ich gerade dabei war, ihn richtig unfair zu behandeln, nur weil er in der Belegschaft als Nervensäge galt. Ich beschloss, ihm eine Chance zu geben.

„Macht nichts, Ariel», sagte ich milde. «Kann jedem mal passieren. Dafür haben wir eine Ersatzfrage.»

Ariel atmete tief durch. Sein schmächtiger Brustkorb hob und senkte sich sichtbar unter seinem schimmernden Gewand. Ich sah ihn liebevoll an.

«Eine leichte Frage», sagte ich. «Nenne mir drei der größten Missverständnisse in der Geschichte der Menschheit.»

Das war wirklich eine Jokerfrage, denn die Geschichte der Menschheit war praktisch eine einzige Aneinanderreihung von dramatischen Missverständnissen. Daraus willkürlich drei auswählen zu dürfen war eine geschenkte Antwort.

«Nummer Eins: Nur wer immer brav ist, kommt in den Himmel», sagte Ariel zögerlich.

Ich nickte. Ariel strahlte.

«Zweitens: Es gibt eine Hölle oder eine ähnliche Institution.»

Ich machte eine Handbewegung, die andeutete, dass ich diese Antwort als selbstverständlich erwartet hatte.

Ariel hob beide Hände, als versuchte er ganz vorsichtig einen Basketball aus Watte in einen Korb aus Kristallglas zu werfen.

«Und drittens: Hass ist das Gegenteil von Liebe.»

Ich runzelte die Stirn. Ariel wagte sich auf philosophisches Parkett, was in einer Prüfung eine riskante Angelegenheit war. «Das habe ich euch aber nicht beigebracht», sagte ich.

«Stammt von mir selbst», erklärte Ariel stolz.

«Und was meinst du damit?»

«Nur wo Liebe ist, kann auch Hass sein, weil Hass eine Art von Enttäuschung ist, und man kann nur von jemandem enttäuscht werden, den man mag», erklärte Ariel leichthin.

«Und was ist dann deiner Meinung nach das Gegenteil von Liebe?»

«Gleichgültigkeit. Bin ich jetzt durchgefallen?»

Ich schüttelte ratlos den Kopf, raffte die Unterlagen mit meinen Aufzeichnungen zusammen und klopfte sie zu einem ordentlichen Stapel, als mir eine Idee durch den Kopf schoss.

«Ariel, du bist dabei», verkündete ich. «Deine Dienstnummer ist die Nullnullnull.»

Ariel strahlte über das ganze Gesicht. Selten hatte ich ihn so glücklich gesehen.

«Du bist unser Sonderbeauftragter für die Informationsübermittlung», erklärte ich in wichtigem Tonfall. «Unsere Kontaktperson beim Chef.»

«Und was muss ich tun?», erkundigte sich Ariel begeistert.

«Gar nichts», antwortete ich. «Du machst einfach weiter wie bisher und wartest, bis wir dich rufen.»

Ariel strahlte noch immer über beide Ohren. «Und sonst?»

«Nichts sonst. Das ist eine sehr wichtige Aufgabe von zentraler Bedeutung. Und du arbeitest natürlich undercover. Das bedeutet, niemand darf von deinem Auftrag wissen.»

«Nicht einmal der Chef?», fragte Ariel.

Ich schüttelte den Kopf. «Auch der nicht. Du bist ein so genannter Schläfer. Du gehst deinen Tätigkeiten nach wie bisher, um keinen Verdacht zu erwecken. Aber wenn du gebraucht wirst, bist du sofort bereit. Das erfordert einen Engel mit hoher Intelligenz, einem guten Draht zum Chef, starken Nerven und endloser Geduld.»

Ariel machte große Augen. «Dann bin ich der richtige Engel am richtigen Platz», stellte er fest.

«Das denke ich auch», sagte ich.

Nach dieser wunderbaren Lösung des Arielproblems blieben nach dem Examen sieben Jungs übrig, von denen sich jeder durch bestimmte Fähigkeiten qualifiziert hatte. Alles in allem waren wir eine wirklich schlagkräftige Truppe. Ich gründete sieben Sondereinheiten, jede für eine bestimmte

Gruppe von Menschen oder Situationen, die wir als ‹Schlüssel-Happenings› einstuften. Jede dieser Sondereinheiten bestand aus mehreren Dutzend Assistenzengeln und wurde von einer Doppelnull geleitet.

Da war Rafael für die schweren Jungs, Linguini für die Heiratsanträge, Josh für die Politiker, Gabriel für die Informationsbeschaffung, Albert für die Intellektuellen, Henry, der Abholer, und Mike, der Wundermacher. Und natürlich meine Wenigkeit, der ich neben meiner Tätigkeit als Ausbilder und Hauptverantwortlicher auch alle Sonderaufgaben vom Chef übernahm.

Inzwischen wissen Sie ja, dass es einhundertelf Ebenen gibt, in denen wir letztlich jeden Menschen irgendwie sinnvoll unterbringen. Ein ziemlich fein abgestimmtes System. Jetzt werden Sie vielleicht fragen: Warum gibt es dann nur sieben Doppelnulleinheiten? Wird denn da nicht einiges unter den Tisch gekehrt? Sie haben Recht, es ist eine grobe Einteilung, und sie vernachlässigt einen großen Teil der Menschheit, aber letztlich ist sie genau auf die vom Chef gestellte Anforderung ausgerichtet. Sollten Sie selbst zu keiner dieser Gruppen gehören und sich deshalb diskriminiert fühlen, möchte ich mich hiermit ganz förmlich entschuldigen. Dennoch versichere ich Ihnen: Es macht gar nichts. Sie müssen keine heiratswillige, kriminelle, intellektuelle Politikerin kurz vor dem Dahinscheiden sein, der zudem dauernd Wunder widerfahren, nur um von einem oder mehreren Engeln betreut zu werden. Wenn ich über die Jungs und deren Abteilungen spreche, geht es nur um diese sieben Spezialeinheiten. Davon unberührt bleibt die von allen überaus geschätzte Arbeit der restlichen Kollegen bei den himmlischen Heerscharen. Aber da es sich hier um meine Biografie handelt, wollen wir uns auf meinen engeren Wirkungskreis konzentrieren.

Hier sind sie nun also, meine Jungs von den Spezialeinheiten…

Josh

Josh kennen Sie ja schon vom Empfang. Wir Doppelnullen hatten alle keinen einfachen Job, aber Josh, die Nullnullsechs, wurde wirklich von niemandem beneidet. Seine Aufgabe sind die Politiker. Sie verstehen…? Das Herz eines Politikers mit Liebe und Erkenntnis zu berühren ist ungefähr so einfach, wie mit auf den Rücken gebundenen Händen und einbetonierten Füßen die Meisterschaft im Freistilschwimmen zu gewinnen. Wie auch immer, Josh hatte es sich selbst ausgesucht. Schon zu Lehrzeiten hatten ihn Politiker fasziniert, und ganz ehrlich: Ich bewunderte ihn, wie er es schaffte, trotz allem immer so gut drauf zu sein. Gut, Josh redete inzwischen ein bisschen viel, und was er redete, ergab keinen besonderen Sinn, aber er war ja auch den ganzen Tag mit seinen Patienten zusammen. So was färbt ab.

Josh und seine Jungs standen oft bei Ansprachen und Interviews dabei und versuchten, das Ruder herumzureißen, wenn wieder irgendein herzloser Blödsinn erzählt wurde. Meistens erfolglos. Mich persönlich hätte das nach all den Jahren zutiefst frustriert, doch Joshs Truppe nahm es mit Humor, was wahrscheinlich die einzige Möglichkeit war, den Frust auf Dauer zu ertragen.

Achten Sie mal darauf: Es gibt Politiker, die sich bei ihren Reden ans Herz fassen, oft getarnt als Griff, der die Krawatte zurechtrücken soll. Tatsächlich hat dann gerade einer von Joshs Jungs eine Berührung durchgeführt.

Manchmal verlieren die Volksvertreter auch den Faden, mitten in der Rede, oder sie antworten etwas, das überhaupt keinen Sinn hat und nicht einmal im groben Zusammenhang mit der Frage steht. Auch dann waren Josh und seine Truppe am Werk.

In dem Augenblick, in dem ein Mensch sein Herz spürt, ist beim Denken Sendepause – was sich dann eben auf diese Arten äußert.

Joshs kleine Leidenschaft sind Redewendungen und Sprichwörter, die er jedoch selten richtig wiedergeben kann, denn er war noch nie gut im Merken. Schon als wir damals zusammen Dienst am Empfang schoben, war es immer ich, der daran denken musste, die Nummern nachzubestellen und die Statistiken für den Chef termingerecht abzuliefern. Dafür war Joshs Ideenpotenzial bezüglich neuer Freizeitbeschäftigungen und Spiele praktisch grenzenlos. Ständig fielen ihm neue Abwechslungen ein, und selbst heute noch, wo wir schon alle ein paar Tausend Jahre auf dem Buckel haben, ist sein Einfallsreichtum ungebremst. Wir Engel haben es Josh zu verdanken, dass wir an einer ganzen Reihe menschlicher Zerstreuungen und Vergnügungen teilnehmen können. Er ist der Erfinder des bierlosen Pilstrinkens, was es uns ermöglicht, wie jeder normale Mensch nach Dienstschluss auch mal ein paar nette Stunden in Bars und Kneipen zu verbringen, ohne uns wie völlige Idioten zu fühlen. Josh entdeckte für uns den Kinobesuch mit virtuellem Popcorn, und er verfügt über die größte Sammlung an Menschenadressen mit Großbildfernsehern, was es uns ermöglicht, verpasste Filme an jedem Ort der Welt gemeinsam im Wohnzimmer des Betreffenden auf DVD nachzuholen, sofern sie eben dort gerade angesehen werden.

Josh zeigte uns das schlägerlose Tischtennisspiel, noch dazu ohne Ball, und er instruierte uns, wie wir auf den Steintischen im Central Park Dame und Schach spielen konnten, obwohl wir keine Figuren haben. Dank ihm erfreuen wir uns völlig schlägerlos und ballfrei an den schönsten Golfplätzen der Welt, und keiner von uns Doppelnullen hat ein Handicap schlechter als sieben. Kurz gesagt, Josh ist nicht nur ein Quatschkopf, ein großer Junge, der den Kopf ständig voller Unsinn hat, sondern auch ein genialer Erfinder, der es versteht, jede Not in eine Tugend zu verwandeln.

Rafael

Ich mag meine Kollegen, so verschieden wir auch alle sind. Da ist zum Beispiel Rafael, die Nullnullsieben. Allein wie der schon angezogen ist! Als Einziger von allen Mitarbeitern trägt er diesen seltsamen Anzug, immer elegant, immer wie aus dem Ei gepellt. Bei jeder Gelegenheit bestellt er gerührte Drinks, von denen er natürlich nie wirklich einen bekommt, denn kein Barkeeper auf der Welt sieht uns. Trotzdem, da hat er irgendwie einen Tick.

Rafael ist auf die richtig schweren Jungs spezialisiert, auf die praktisch aussichtslosen Fälle, auf die Typen mit dunklen Anzügen, noch dunkleren Sonnenbrillen und stockdunklen Gedanken.

Trotz seiner wenig erfreulichen Kunden ist Rafael von einer schwer zu beschreibenden Aura umgeben, für die mir einfach kein anderes Wort einfällt als Coolness. Egal, was kommt, Rafael bleibt die Ruhe selbst. Und nicht nur das, er hat ständig so ein süffisantes Lächeln auf den Lippen, ganz leicht spöttisch zusammengezogene Augenbrauen und einen Gesichtsausdruck, der eine Gelassenheit ausdrückt, die nur haarscharf an Gelangweiltheit vorbeischrammt.

Rafael liebt Kino über alles, es gibt kaum einen Film, den er auslässt. Mit seiner Leidenschaft und seinen meist enthusiastisch vorgetragenen Filmerzählungen hat er im Laufe der Jahre – seit der Erfindung des Zelluloids – auch uns angesteckt, so dass wir Kinobesuche nun oft zu einem Gemeinschaftserlebnis machen.

Manchmal, also wirklich nur ganz selten, blitzte in mir so ein Gedanke auf, ob Nullnullsieben seine Zeit nicht lieber im Kino verbrachte, als seinen Job zu machen. Angesichts der unablässig steigenden Kriminalitätsrate auf der Welt und vor allem dem dabei massiv ansteigenden Kaliber der Untaten lag der Gedanke nicht allzu fern, dass Nullnullsieben überfordert war und seine Truppe innerlich das Handtuch geworfen hatte. Aber derartige Überlegungen waren, wie gesagt, nur von kurzer Dauer, denn wir alle waren das reine Licht und die pure Liebe und über derartige Dinge vollkommen erhaben.

Trotzdem…

Immerhin war ich Rafaels Vorgesetzter. Und der Chef verließ sich blind auf mich.

«Rafi, ich würde dich gerne mal eine Weile bei der Arbeit begleiten», sagte ich eines Tages und versuchte dabei möglichst unbeschwert zu klingen.

«Warum?»

«Mir ist langweilig. Ich brauche Abwechslung. Darum.»

Er musterte mich mit seinem typischen abschätzenden Blick – nicht unliebevoll, aber eben so begutachtend, als vergliche er mich mit einer Art von geheimen Wissen, das nur ihm alleine zur Verfügung stand – und obwohl ich seinen Blick standhaft erwiderte, überkam mich dieses Gefühl, klein und unbedeutend zu sein.

«Na gut», sagte er schließlich.

Es war spätabends, Rafaels Stunde, und wir schlenderten gerade durch die Bronx, als eine – ich möchte es an dieser Stelle neutral ausdrücken – Person eine andere Person mithilfe einer Pistole zu einer Eigentumsübertragung des gesamten Tascheninhalts sowie eines Teils der Oberbekleidung zu nötigen versuchte. Und das direkt vor uns auf dem Gehweg. Rafael machte einen Schlenker und wich der Szene geschickt aus, ohne sich weiter darum zu kümmern.

Ich war schockiert! Ich konnte nicht fassen, dass er nicht reagiert hatte, und legte im Vorbeigehen meine Hand auf das Herz des Räubers. Dann holte ich auf, bis ich wieder an Rafaels Seite war.

«Du, Rafi, der Typ wollte den anderen überfallen.»

«Jokeman? Ach ja, stimmt, der arbeitet um diese Zeit immer hier.»

«Das fällt doch in dein Ressort. Warum hast du nichts gemacht?»

«Chris», sagte Rafael, ohne seinen Schritt zu verlangsamen, «wenn ich Jokeman berühre, kommt er morgen nicht mehr, weil er durch den Central Park krabbelt und Ameisen küsst. Aber glaubst du, dass die Ecke hier deswegen sicher ist? Sie ist eines von über fünfhundert Revieren in der Bronx. Wenn Jokeman seinen Platz aufgibt, steht morgen ein anderer an der Ecke. Und der hat dann vielleicht sogar genug Geld, um seine Pistole mit Kugeln zu laden.»

Ich sah mich um. Jokeman war verschwunden.

«Du meinst, seine Pistole war leer?»

Inzwischen waren wir vor einer Nachtkneipe mit dem bedeutungsvollen Namen ‹The Nude Dude› angekommen, was so viel hieß wie ‹Der nackte Lackaffe›. Rafael blieb stehen und drehte sich zu mir. Im rot blinkenden Neonschein des Schriftzuges über der Eingangstür sah er zum ersten Mal seit langem kein bisschen überheblich aus. In dieser Sekunde war er der Rafi, den ich seit der Akademie kannte, eine durch und durch ehrliche Haut, ein Engel, mit dem man Pferde stehlen konnte, ein Freund, der mit einem durch dick und dünn ging.

«Wach endlich auf, Chris», sagte Rafael. «Die ganze Welt ist in Reviere aufgeteilt. Wenn du einen Revierbesitzer berührst, steht der nächste schneller an derselben Stelle, als du ‹Liebe den Herrn› sagen kannst.»

Ich war geplättet. So sollte die Welt der Menschen sein? Zerhackt zu einer Ansammlung von Revieren, in denen jeder den anderen ausnahm wie eine Weihnachtsgans? Eine Konstruktion aus Habgier, Macht und Neid, die jede Idee von Liebe, Hilfsbereitschaft und Mitgefühl mit Füßen trat? Ein menschliches Manifest darüber, wie sinnlos der große Plan vom Chef letztlich doch geworden war? Ich spürte, wie mir merkwürdig zumute wurde, was sich auch äußerlich meistens deutlich daran zeigt, dass mein Licht nervös zu flackern beginnt.

«Aber wenn alles keinen Sinn mehr hat, was tut ihr dann den ganzen Tag lang überhaupt?», fragte ich.

«Ich sagte nicht, dass alles keinen Sinn ergibt», entgegnete Rafael. «Ich sagte, man muss zusehen, wo man seine Kraft einsetzt. Deshalb betreiben wir Schlüsselkundenmanagement. Wir knöpfen uns die großen Nummern vor, die Revierbesitzer. Oder noch besser, diejenigen, welche die Revierbesitzer kontrollieren.»

So langsam dämmerte mir, dass Rafael ein echter Experte geworden war, seit ich ihn bei der Abschlussprüfung das letzte Mal auf Tour begleitet hatte. Was er sagte, hatte Hand und Fuß.

«Deshalb arbeiten Josh und ich auch so eng zusammen», ergänzte Rafael.

«Ihr bewegt euch also in allerhöchsten Schurkenkreisen», hauchte ich ehrfürchtig.

«Genau, mein Junge», sagte Rafael, schürzte seine Lippen, begutachtete seine Fingernägel und nickte kaum merklich. «Wir arbeiten an der Spitze.»

«Wow», entfuhr es mir. «Klingt wirklich gut, Rafi.»

Rafael räusperte sich. «Um ehrlich zu sein, ist es trotzdem ziemlich schwierig. Du sagst es doch nicht weiter, oder?»

Ich schüttelte heftig den Kopf.

«Eigentlich ist es sogar praktisch aussichtslos», fuhr Rafael fort. «Schlüsselkundenmanagement hin oder her, wir sind zu wenige und die anderen zu viele.»

«Neiiin!», rief ich. «Rafi, du hast aufgegeben?»

«Wenn ich dir sage, dass es wie in dieser Geschichte von dem Zauberlehrling ist? Du haust einen Besen in tausend Stücke, und aus jedem Splitter erwächst ein neuer, ganzer Besen.»

«Davon habe ich nie gehört.»

«Sie sprießen einfach nach wie Unkraut», erklärte Rafael. «Keine Ahnung, woher sie kommen, aber es ist wie eine Lawine. Meine Jungs sind wirklich nicht faul. Sie fahren schon seit ein paar Generationen Doppelschichten, aber es ist einfach unmöglich. Du berührst ein Herz, und irgendjemand oder irgendetwas macht es wieder rückgängig. Das ist das Problem.»

«Du meinst, wir haben einen Gegner? Einen echten leibhaftigen Feind?», fragte ich.

Rafael nickte.

«Genau das meine ich», sagte er. «Und jetzt lass uns reingehen und einen trinken.»

Wir betraten die Bar, die zum Bersten mit Menschen, Musik, Stimmen und bestimmt auch mit diversen Gerüchen gefüllt war. Im rückwärtigen Bereich gab es eine kleine Bühne mit einer großen Metallstange, an der sich eine kaum bekleidete Frau versuchte, die wohl in diesem Leben lieber eine Schlange geworden wäre. Wir setzten uns auf den Rand der Bühne, denn alle andern Plätze waren besetzt. Von hier aus erkannte man gut, dass die Bar ihren Namen zu Recht trug. Es gab keine einzige Frau unter den Gästen, und was da so an den Tischen saß, hätte auf die meisten weiblichen Wesen wahrscheinlich kaum einen einladenden Eindruck gemacht.

Rafaels Bemerkungen hatten mich aufgewühlt. Die Vorstellung, gegen einen unbekannten Feind zu arbeiten, behagte mir überhaupt nicht.

«Wenn der Chef alles weiß, dann weiß er auch das», sagte ich.

Rafael nickte. «Anzunehmen.»

«Aber wenn er das wirklich weiß und es uns trotzdem nicht sagt…»

Ich wischte mir über die Stirn, obwohl Engel nicht schwitzen können, aber diese Geste hatte ich bei den Menschen beobachtet, und sie verschaffte mir irgendwie ein wenig Erleichterung. Ich starrte Rafael an, der gerade mit einem imaginären Zahnstocher eine imaginäre Olive aus einem imaginären Drink fischte.

«Nein, Chris, der Chef hintergeht uns nicht. Aber die Schöpfung ist komplex, und vor allem ist sie sein Baby. Nur er hat den völligen Durchblick, und er muss uns ja nicht alle Patente verraten. Es kann doch sein, dass bestimmte Geheimnisse nicht mehr funktionieren würden, wenn er sie jedem erzählte.»

Rafael schob sich die Olive in den Mund und kaute darauf herum. «Mehr will ich dazu nicht sagen. Kannst selber weiter denken.»

An diesem Abend wurde mir klar, dass unsere Aufgabe niemals abgeschlossen sein würde. Nicht, solange jemand gegen uns arbeitete.

Keine schöne Aussicht.

Linguini

Die Spezialität von Nullnullfünf, bei uns nur Linguini genannt, ist die Betreuung von in Restaurants durchgeführten Heiratsanträgen, und damit haben er und seine Truppe wirklich vollauf zu tun. Wussten Sie übrigens, dass achtundfünfzig

Prozent aller Heiratsanträge in Lokalen gemacht werden, davon knapp zwei Drittel in italienischen? Verständlich, welche Frau will sich schon später daran zurückerinnern, im *Al Ahab* oder beim *Wok Man* ihr Jawort gegeben zu haben. Heiratsanträge nimmt man in Restaurants wie *Luigi, Fontana di Trevi* oder *Amore Mio* entgegen. Auf derartige Orte und Situationen sind Linguini und seine Jungs spezialisiert.

Liguinis Erscheinung bleibt jedem, der ihn einmal gesehen hat, lebhaft im Gedächtnis. Er ist ein – milde ausgedrückt – rundlicher, eher etwas kürzer geratener Typ, der als einziger aller Engel nicht den Eindruck erweckt, eine Handbreit über den Boden zu schweben. Stattdessen schwankt sein gedrungener Körper bei jedem Schritt hin und her wie das Kopf stehende Pendel einer Standuhr. Wäre Linguini kein Engel, könnte man behaupten, dass er watschelte. Ich habe dafür keine wirkliche Erklärung, aber vielleicht sorgt Linguinis unerreichtes Einfühlungsvermögen dafür, dass er den Gang einer bestimmten Art wohlgenährter italienischer Kellner imitiert. Genau weiß ich es aber nicht.

Linguini und ich arbeiteten eine ganze Weile zusammen. Ich war sein Ausbilder und für diese Zeit auch sein Vorgesetzter, obwohl ich von der Materie ebenso wenig Ahnung hatte wie er. Naja, vielleicht kennen Sie das ja auch aus Ihrem Job.

Ein Heiratsantrag ist für Menschen eine ziemlich heikle Sache, das mussten Linguini und ich schnell erkennen. Ein Antrag bringt das ganze Thema mit der Liebe auf den Punkt, balanciert es sozusagen auf Messers Schneide. Es geht um Ja oder Nein. Alles oder Nichts. Liebe oder Nichtliebe, das ist dabei die einzige Frage. Es gibt keine Ausreden mehr, keine Kopfschmerzen oder dringend zu erledigende Anrufe. Die Befragte sitzt in der Falle und drücken ist nicht.

Für den, der fragt, geht es um Himmel oder Hölle, zumindest glaubt er das, und für die folgenden Tage und Wochen ist er auch in einem von beiden.

Mit Linguini zusammenzuarbeiten war eine wirkliche Freude, nicht nur wegen der romantischen Arbeitsplätze und der meist gut gelaunten Klientel. Linguinis Charakter war mir in jeder Hinsicht sehr angenehm. Er strahlte eine ansteckende Gemütlichkeit aus. Allerdings konnte seine etwas behäbig wirkende Art sich fortzubewegen nicht darüber hinwegtäuschen, dass er wirklich auf Zack war.

«Chris, caro amico, ich habe gezogen das goldene Los, und dafür werde ich dich immer danken», sagte Linguini zu mir gewandt, während sich gerade ein Liebespaar nach erfolgreichem Antrag im romantischen Separée von Salvatore's in Florenz innig küsste.

Ich hatte keine Ahnung, wann Linguini seine Grammatikkenntnisse verloren hatte, aber das ‹r› konnte er auf der Zungenspitze rollen wie kein Zweiter.

«Schon gut, Linguini. Eigentlich ist das nicht mein Verdienst. Es hat sich so ergeben, weil es das letzte Geschäftsfeld war, das wir übrig hatten.»

Das Liebespaar küsste sich noch immer, und Linguini knuffte mich in die Seite. «Das sagst du immer.»

«Genau, weil ich dein Chef bin und weil ich unparteiisch bin und weil ich mir keine Vetternwirtschaft leisten kann.»

«Schadet deine Rufe, äh?»

«Genau.»

«Trotzdem grazie.»

«Bitte», sagte ich.

An diesem Tisch gab es nichts mehr für uns zu tun. Wir begaben uns in Richtung Ausgang, und genau da passierte es! Die doppelte Schwingtür, die hinter der Bar in die Küche führte, klappte auf, wie von einer Sprengladung getrieben. Ein mit drei Pizzatellern beladener Kellner stürmte heraus und lief genau durch Linguini hindurch. Für gewöhnlich macht uns so etwas nichts aus, wir können problemlos in fünf Sekunden von vorne bis hinten durch eine voll besetzte U-Bahn sprinten, aber irgendetwas lief hier schief. Eine der Pizzas durchquerte Linguinis Kopf wie ein Schwert.

«Milano», sagte Linguini.

«Wie?», fragte ich irritiert.

«Die Pizza. Milano. Einfach wunderbar, dieser Duft.»

«Linguini, das bildest du dir ein. Du kannst nicht riechen. Keiner von uns kann das.»

Linguini sah sich im Restaurant um, wie ein Astronaut, der gerade in einer neuen Welt gelandet war.

«Ich kann sogar schmecken die Duft auf die Zunge.»

«Unmöglich!»

«Tomaten, Oliven, Kapern, Mozarella, sogar von die Büffel, Rosmarin und eine Prise Oregano. Siehst du nach, wenn du nicht glaubst.»

Ich folgte dem Kellner und begutachtete die Pizza, die Linguinis Kopf durchstreift hatte. Alle Zutaten stimmten.

«Linguini, damit dürftest du der Einzige aus der gesamten Belegschaft sein, der diese Fähigkeit hat», erklärte ich beeindruckt.

«Tja, die Wege des Herrn…», murmelte Linguini, während er an einer Karaffe mit Rotwein schnupperte und sich ein Lächeln auf seinem Gesicht breit machte, das von diesem Tag an nur noch selten verschwand. Linguini war wie durch Zauberei mit dem Geruchssinn gesegnet worden, und von da an war er ein besonders glücklicher Engel.

Derartige Vorfälle sprechen sich schnell herum, und bald standen Tausende von Kollegen vor den Küchentüren der Pizzerias in aller Welt, nur um sich wieder und wieder von Pizza tragenden Kellnern durchqueren zu lassen. Manche ließen sich sogar auf Autobahnen und Landstraßen von Pizzalieferwagen überrollen, wieder andere verbrachten halbe Nächte im Pizzaofen, doch nicht ein einziges Mal wiederholte sich das Wunder.

Gabriel

Gabriel ist unser Geheimdienstchef. Eine nie versiegende Quelle der Information, eine Wiege des Wissens, ein wandelnder Universaldietrich zu allen Geheimnisschatztruhen der Welt. Es gibt kaum eine Information, die Gabriel nicht beschaffen kann, wenn er will. Das ist übrigens auch das einzige Problem: Gabriel will nicht immer. Man muss nett zu ihm sein. Wir sind ja alle immer nett zueinander, aber für Gabriel muss man eben die Nettigkeitsskala noch um ein oder zwei Punkte nach oben erweitern. Dafür stehen einem, wenn man es einmal heraus hat, Tür und Tor zu den vertraulichsten Informationen des Universums offen.

Josh stellte einmal treffend fest, das einzige Problem, das man mit Gabriel haben könnte, wäre, nicht zu wissen, was es zu wissen gibt und deshalb nicht die richtigen Fragen stellen zu können. Und ungefragt rückt Gabriel nur selten etwas von seinen Schätzen heraus.

Äußerlich ist der liebe Gabriel ein eher unauffälliger Engel, was für seinen Job keinen Nachteil bedeutet. Auf den ersten Blick scheint alles an ihm eher Mittelmaß zu sein. Durchschnittlich groß, mittelmäßig hell, eine Stimme, die niemals zum Solisten reichen würde, sich dafür aber unauffällig in den Choral einfügt, mittlere Flügelgröße, bescheidenes Auftreten, Engel-Standardkleidung ohne persönlichen Schnickschnack.

Aber das mit dem Mittelmaß ist eben nur auf den ersten Blick so. In Wahrheit ist Gabriel ein äußerst cleverer Bursche, der schon zu Akademiezeiten besser darüber Bescheid wusste, was hinter den Kulissen gespielt wurde, als alle Ausbilder und die Akademieleitung zusammen. Als Student war Gabriel deshalb trotz seines eher schüchternen Auftretens äußerst beliebt.

Für mich war es also naheliegend gewesen, Gabriel für den Job als Geheimdienstchef auszuwählen. Übrigens heißt die offizielle Bezeichnung bei uns ‹Leitender Engel des GND›, des *Göttlichen Nachrichtendienstes*.

Gabriels Arbeit ist derart geheim, dass er selbst oft nicht erklären kann, woher er weiß, was er eben weiß. Trotzdem kann ich nur sagen, dass bisher buchstäblich alles, was Gabriel für uns jemals ermittelt hat, stimmte.

Doch wo viel Licht ist, fällt auch Schatten, wenn auch nur ein winziger. Wie die meisten Geheimdienstmitarbeiter verliert Gabriel sich oft in vagen Andeutungen, was die Jungs und mich schon manchmal auf die Palme bringt. Aber auf eine Palme zu klettern ist ja immer etwas, das man selbst tut, insofern machen wir Gabriel hier nicht wirklich einen Vorwurf.

Albert

Albert ist die Art von Engel, von der jeder sagen würde, er wäre für seinen Job maßgeschneidert worden. Schon auf der Akademie war er der absolute Streber. Er lernte immer wochenlang im Voraus, was zu Folge hatte, dass er im Unterricht bereits alles wusste, während uns anderen die Köpfe rauchten. Natürlich war es nicht nur das Lernen, das Albert von allen unterschied, es war auch seine herausragende Intelligenz.

Bereits im zweiten Lehrjahr beschäftigte er sich freiwillig mit dem Göttlichen Paradoxon ‹Der Chef ist allgegenwärtig – warum sieht man ihn dann so selten?›. Ich glaube, das war dann später auch das Thema seiner Zulassungsarbeit für die

Aufnahme in den Kreis der Doppelnullen. Ehrlich gesagt, müsste ich das am besten wissen, denn ich war damals Alberts Ausbilder, aber ich muss zugeben, dass ich über die ersten fünf Seiten von seinem Werk nicht hinausgekommen bin. Es ist einfach zu hoch für mich, die ganzen Formeln, die Wahrscheinlichkeitsrechnung im zwölfdimensionalen Raum und das alles. Wenn ich zu lange solche Dinge lese, weiß ich am Ende nicht mehr, ob ich Engel oder Mensch bin. Was ich aber weiß, ist, dass Albert ein Genie ist, und deshalb habe ich ihm auch die Betreuung der Intellektuellen auf Erden übergeben.

Ein wirklich knallharter Job, wahrscheinlich der härteste nach der Betreuung der Politiker und der schweren Jungs. Um zu verstehen, warum das so ist, müssen Sie wissen, dass der Liebe nichts so sehr im Wege steht wie der Verstand. Das lebenslang angehäufte Wissen, die Erinnerungen und Erfahrungen, all dieser Ballast hängt wie ein Sandsack an einem Schmetterling. Albert und seine Jungs versuchen Löcher in den Sack zu bohren, in der Hoffnung, dass irgendwann das große Rieseln einsetzt oder gar die Leine reißt und der Schmetterling nach oben schnellt. Aber man darf sich da nichts vormachen, das kann dauern. Nicht umsonst deutet der Begriff ‹total verkopft› auf einen Menschen hin, der sein Gefühl kaum noch wahrnimmt. Alberts Truppe betreut die Verkopften dieser Welt, sofern sie nicht kriminell oder Politiker sind und somit in Rafaels oder Joshs Ressort fallen.

Ich kann mich noch gut erinnern, wie wir zusammen auf Streife waren, damals, in der Harvard-Universität, als dieser Nobelpreisträger und Quantenphysiker nach dem Chef suchte. Er hatte tatsächlich eine Formel entwickelt, mit der man berechnen konnte, dass der Chef dasselbe ist wie der Zufall. Seltsam, nicht wahr? Also, ich meine, es klingt wirklich abgefahren, wenn jemand an die Tafel schreibt: *Gott = Zufall*. Eine Behauptung, die in etwa dem Kaliber von *Liebe = Hormone* gleichkommt. Das ist es, was ich meine, wenn ich sage, dass der Verstand der größte Gegner des Gefühls ist.

Wie auch immer, der Mann war verheiratet und hatte sogar zwei Töchter, beide Klassenbeste natürlich. Trotz dieser Voraussetzungen war ich überrascht, als Albert sagte:

«Ein leichter Fall, der macht nicht viel Arbeit.»

Ich sah meinen Freund an, als hätte er gerade verkündet, die Welt sei eine Scheibe.

«Aber Albert, dieser Mann ist ein Genie. Er ist Nobelpreisträger, ein Gigant des Intellekts, das pure Nachdenken. Er hat es geschafft, den Chef als Formel darzustellen. Wie willst du dem die Liebe klarmachen?»

«Der steht viel dichter davor als die meisten anderen», sagte Albert, setzte ein pfiffiges Gesicht auf und wackelte mit seinem nach oben gerichteten Zeigefinger hin und her. «Neulich hat er gewartet, bis die Uni leer war, und dann schrieb er auf die Innenseiten aller Klotüren: ‹Je mehr ich weiß, umso mehr weiß ich, dass ich nichts weiß›.»

Ich nickte anerkennend. «Er scheint wirklich ein Genie zu sein. Aber warum rechnet er dann so viel herum?»

«Weil er auf der Suche ist. Er will es wirklich wissen, verstehst du? Aber bisher kennt er nur diesen einen Weg, über das Nachdenken.»

«Alles klar.»

«Gut, dann an die Arbeit», sagte Albert und stellte sich vor den Professor, der gerade nachdenklich die Tafel mit den neuesten Ergebnissen seiner Überlegungen betrachtete. Soweit ich das durchblickte, zog er gerade die fünfte Wurzel aus der dritten Ableitung einer Formel, die Gott als die Varianz von Null bis Unendlich darstellte. Oder so ähnlich.

Albert bewegte langsam seine Hand auf das Herz des Genies zu, und entgegen allen üblichen Gepflogenheiten berührte er es nicht mit der ganzen Handfläche, sondern schnippte nur ein wenig mit dem Zeigefinger nach vorne.

«Das genügt», sagte Albert und zog seine Hand zurück.

Ich war erstaunt, denn diese Schnipptechnik hatte ich noch nie zuvor gesehen. Der Kontakt Engel-Mensch hatte nur Sekundenbruchteile gedauert, was normalerweise allenfalls für ein kurzes Erschrecken ausreicht, keinesfalls aber für eine grundlegende Erkenntnis.

«Wirst schon sehen», bekräftigte Albert und trat ein paar Schritte zurück, um das Ergebnis seiner Kunst zu begutachten.

Das Genie zuckte zusammen, der Unterkiefer klappte nach unten und das Kreidestück fiel aus der weiß gepuderten linken Hand. Mit der Rechten fasste sich der Professor an die Stirn, dann taumelte er ein wenig, kniff die Augen zusammen und rang um Fassung. Schließlich gewann er die Kontrolle über sich zurück, zog einen Stuhl heran und ließ sich darauf fallen. Er starrte sein Werk auf der Tafel an, schüttelte immer wieder den Kopf und brabbelte weitgehend unverständliche Wortklumpen vor sich hin, aus denen ich gelegentlich Begriffe wie ‹völliger Quatsch›, ‹gehirnamputierter Unsinn›, ‹liebloses Geschreibsel› und Ähnliches herausfischen konnte. Nach einer Weile stand er auf und begann wie ein Besessener die Tafel zu wischen.

«Gott würfelt nicht», murmelte er dabei immer wieder. «Würfelt nicht, würfelt nicht,….» Es klang ein wenig wie der Refrain eines Popsongs.

«Siehst du, er ist voll auf dem Weg», erklärte Albert.

«Er würfelt nicht, weil er die Liebe ist», sagte der Professor. «Die wahre Liebe ist kein Spiel.»

«Na ja, er arbeitet auf jeden Fall an dem Thema», meinte ich.

«Gib ihm noch ein wenig Zeit, ich wette, nach dem Übertritt kommt er direkt in die hundertzehn», sagte Albert.

«Mag schon sein, Albert, aber ist das hier nicht ein Ausnahmefall? Ich meine, du hast doch nicht immer so ein leichtes Spiel, oder?»

«Natürlich nicht», sagte Albert. «Den hier habe ich sorgfältig ausgesucht. Eine Praline unter den Intellektuellen dieser Welt, eine echte Kostbarkeit. Ich habe ihn neulich in Stockholm entdeckt, wo die Gehirnelite einmal im Jahr zusammenkommt, um sich gegenseitig zu ehren. Wunderbarer Platz, spart eine Menge Zeit.»

«Tolle Strategie», lobte ich.

Albert verzog den Mund und machte eine fahrige Bewegung mit der Hand. «Leider ist es nicht immer so einfach. Nicht alle machen sich so viele Gedanken über den Chef wie der hier.»

Ich nickte verständnisvoll. Albert hatte also dieselben Probleme wie wir alle.

Henry

Henrys Job ist eigentlich der ruhigste von allen, und das hat auch auf Henrys Charakter abgefärbt. Er und seine Truppe sind Abholer, also die Sorte von Engel, die auch Sie irgendwann einmal garantiert zu Gesicht bekommen.

Abholer sind sehr traditionelle Wesen, was kaum verwundert, denn an ihrem Beruf hat sich seit Menschengedenken nichts geändert. Während bei uns anderen ständige Weiterbildung unverzichtbar ist, um uns über die Strömungen der Zeit auf dem Laufenden zu halten, legen Henry und seine Leute ein nahezu betäubungsmittelartiges Desinteresse am aktuellen Zeitgeschehen an den Tag.

«Abgeholt wird immer, mitkommen muss jeder, manchmal wehrt sich einer, doch meist gibt's kein Gezeter», pflegen die Jungs von der Nullnullneun zu reimen. Und Recht haben sie, ihr Job ist krisensicher, daran gibt es nichts zu rütteln.

Henrys Erscheinung ist seinem Beruf angemessen. Er ist – wie soll ich es Ihnen begreiflich machen, ohne dass wir Sie gleich abholen müssen? – nun, er wirkt einfach am heiligsten von uns allen. Schlank und hoch gewachsen, hellsilbernes Leuchten, lange, goldene Haare, tiefblaue Augen, aristokratische Nase, vornehme Blässe und immer ein liebevolles, aber trotzdem irgendwie jenseitiges Lächeln auf den Lippen. Aus Menschensicht ist er der absolute Klassiker, ein himmlischer Dressman, das göttliche Aushängeschild, der Typ von Engel, wie er von Kreativen aller Epochen am häufigsten in Kunst und Kitsch verewigt wurde. Ich denke, das kommt daher, dass Henry der einzige Engel ist, der von jedem Menschen irgendwann gesehen wird, und manche Menschen überlegen es sich eben noch einmal und verabschieden sich doch noch nicht. Wenn sie von ihrer angefangenen Reise wieder zurückkehren, bringen sie in der Erinnerung Henrys Bild mit. Aber ich will Ihnen hier keinen Exkurs in Kirchenkunstgeschichte aufdrängen, wir haben Wichtigeres zu besprechen.

Auf jeden Fall ist Henrys Schein das pure Lichtspektakel. Als Einziger kann er sein Leuchten praktisch beliebig in Ausdehnung und Helligkeit steuern, und wenn er will, sind sogar Farben möglich. Außerdem ist Henry Spezialist für Lichtkanäle. Er schnalzt nur einmal mit der Zunge, und so eine Art Wurmloch im zeitlichen Kontinuum entsteht. Alles aus Licht natürlich, mit Sphärenklängen, Schwerelosigkeit, Hologrammen dahingeblichener Verwandter an den Wänden und allem Drum und Dran. Ja, jeder, der es einmal gesehen hat, muss zugeben, dass es eine wirklich tolle Sache ist. Deswegen beneiden wir Henry ja auch alle ein wenig. Sehr wenig natürlich, denn ohne Ego kaum Neid.

Für Henry und seine Truppe gibt es eigentlich nur zwei Arten von Problemen: Entweder einer der Kunden muss, aber er will nicht, oder einer will, aber er soll noch nicht.

Im ersten Fall ist die Sache einfach, denn die Entscheidung liegt nicht mehr beim Kunden. Unfall ist Unfall, Alter ist Alter und irgendwann ist eben einfach Schluss, daran gibt es nichts zu rütteln. Wenn es dann wirklich so weit ist, freuen sich die meisten letztlich doch sehr, denn Henrys Truppe versteht sich darauf, einen schönen Abgang zu bereiten. Es ist, wie die Neuankömmlinge seit Menschengedenken immer wieder beim Einchecken am Empfang berichten, einfach himmlisch.

«Und davor habe ich mein Leben lang so viel Angst gehabt», ist seit jeher der meistgebrauchte Spruch der Hinübergleitenden, wobei das Wort davor besonders betont und gedehnt wird.

Das andere Vorkommnis, nämlich dass jemand will, obwohl er nicht soll, ist das einzige Haar in der Suppe von Henrys Truppe. In diesem Fall müssen sie alles tun, um zu verhindern, dass dem Kunden sein Plan gelingt, und das kann manchmal richtig in Arbeit ausarten. Eigentlich könnte es uns ja egal sein, aber wenn jemand will, obwohl er noch nicht soll, ist das für uns Engel schon irgendwie eine persönliche Niederlage. Obwohl wir letztlich keine Verantwortung für unsere Arbeit – das Bringen von Liebe – tragen, haftet jedem freiwilligen Abtritt eines Menschen ein wenig vom Flair des Versagens unsererseits an. Natürlich würde das niemand je offen aussprechen, aber es bleibt oft ein schaler Geschmack zurück, denn irgendwie haben wir es dann letztlich doch nicht geschafft. Wie gesagt, offiziell tragen wir keinerlei Verantwortung, denn offiziell hat jeder Mensch den freien Willen, und der ist ein persönliches Geschenk vom Chef.

Sterben und nicht sterben lassen – das ist die Welt von Henry und seinen Jungs.

Mike

Als Letzten in der Runde möchte ich ihnen Mike vorstellen. Eigentlich heißt er ja Michael, aber wir nennen ihn nur Mike, weil Mike von uns allen am lässigsten drauf ist. Ein typischer Kreativer, das war er schon damals, an der Akademie. Seit ich ihn kenne, trägt er seine Haare im Nacken zusammengebunden, und ich kann mich nicht erinnern, ihn je ohne diese zu kurz geratene Weste gesehen zu haben. Obwohl auch er schwebt, liegt dennoch etwas Federndes in seiner Fortbewegung, so eine Art unterschwelliger Dynamik, die ständig kurz vor dem Ausbruch in ein neues, unglaubliches Wunder zu stehen scheint.

Ja, Mike ist unser Fachmann für Wunder und andere Unerklärlichkeiten. Wunderheilungen, rätselhafte Erscheinungen, spontane Erleuchtungen, gelegentliche Wiederauferstehungen, weinende Madonnen, heilige Wässerchen, unerklärliche Sinneswandel, Überlebende von unüberlebbaren Katastrophen, nächtliche Geräusche im Haus, aufrichtige Politiker, grundehrliche Manager, Lottohauptgewinne... Das alles geht auf sein Konto. Was immer Mike anstellt – die Menschen können es nie erklären, und wer sagt: ‹Wie durch ein Wunder...›, meint damit Mike.

Um seinen Job gut machen zu können, hat der Chef Mike mit einer beneidenswerten Vielfalt an Fähigkeiten ausgestattet. Was immer Mike vorhat – er braucht nur mit dem Finger zu schnippen, und es geschieht. Na ja, fast alles.

Aber so kreativ Mike auch ist, es fehlt ihm etwas die Bodenhaftung. Ständig starren seine Augen nach oben, irgendwo ins Leere, schweifen seine Gedanken in anderen Sphären, um göttliche Ideen in die Vielfalt menschlichen Erlebens zu transformieren. Kurz gesagt, Mike ist ziemlich unzuverlässig. Zu kaum einem unserer Treffen kam er je rechtzeitig, dafür war sein Einfallsreichtum an Ausreden unschlagbar. Unbeeindruckt von der Tatsache, dass Engel nicht lügen können, hatte Mike Ausflüchte zu einer Kunstform entwickelt, und obwohl wir alle kaum etwas davon glaubten, harrten wir doch jedes Mal schon gespannt darauf, welches Märchen er uns dieses Mal als Auftakt zu unseren Treffen auftischen würde.

Ja, wir schätzen Mike über alles… Ein wunderbarer Erzähler, ein himmlischer Barde, ein heiliger Visionär, die reine Fantasie in Engelsgestalt. Wir alle lieben ihn, wie uns selbst.

Lou

Jetzt, wo Sie die Jungs kennen, ist es an der Zeit, dass ich Ihnen ein wenig von Lou erzähle. Nur so können Sie verstehen, womit wir es den ganzen Tag zu tun hatten.

Lou war die Nullnulleins, aber der Chef nannte ihn nur immer *Nummer Eins*, wenn er von ihm sprach, was nicht oft geschah, denn Nummer Eins hatte sich scheinbar ziemlich unbeliebt gemacht. Unter der Belegschaft kursierten Unmengen von Gerüchten. Was davon stimmte und was nicht, konnte niemand mehr sagen. Die einen munkelten, Nummer Eins habe irgendwann begonnen, Fragen und Forderungen zu stellen. Darauf hin habe er sich mit dem Chef überworfen und war gekündigt worden. Andere vermuteten, er sei beim Schlafen von einer Wolke gefallen, wieder andere sprachen von einem verhängnisvollen Fehltritt beim Überqueren zweier Kumuluswolken. Nicht auszurotten war auch die Behauptung, er hätte sich selbstständig gemacht, was auch immer das heißen sollte.

Eines der hartnäckigsten Gerüchte aber war, dass Nummer Eins vom Chef persönlich einen geheimen Sonderauftrag erhalten hatte. Manche behaupteten sogar zu wissen, worum es dabei ging, aber derart gewagte Thesen wurden nur während der lautesten Stellen im Choral und selbst dann nur hinter vorgehaltener Hand ausgetauscht. Ihnen kann ich es ja sagen: Man glaubte, Nummer Eins hätte die Anweisung erhalten, absichtlich Ärger zu machen. Ein Undercover-Agent, der nichts im Sinn hatte, als Probleme zu erzeugen, damit die Menschen an ihnen lernen konnten. Ein Terrorist sei er, sagte man, einer, der Verlockungen legte wie andere Bomben. Ein Vergifter des göttlichen Brunnens, ein Saboteur der bedingungslosen Liebe. Ein Verführer, Täuscher und Fälscher. Einer, der den Menschen schwarze Brillen aufsetzte, auf deren Innenseiten Bilder vom Paradies gemalt waren, und sie damit blindlings in den Abgrund laufen ließ. Es gab wirklich eine Menge, was man über Nummer Eins munkelte. Amtlich verbrieft war aber nur, dass es ihn gab und dass er Lou hieß. So viel wusste ich damals, also bis auf Gerüchte recht wenig. Doch an diesem speziellen Nachmittag änderte sich alles, und aus Lou, dem Gerücht, wurde für uns Lou, der Leibhaftige.

An jenem Tag in New York, den die Welt so schnell nicht vergessen wird, saßen wir Doppelnullen im Battery Park, im Süden Manhattans, unweit von diesem Doppelhochhaus und machten unter einem Ahornbaum Pause.

Plötzlich geschah der erste Teil von dem, was eben an diesem Tag geschehen ist. Nun sind wir ja einiges gewöhnt, schließlich machen wir unseren Job schon eine ganze Weile, aber dieses Ereignis hatte etwas Spezielles. Es war inszeniert wie ein Theaterstück in mehreren Aufzügen, fast so, als hätte

Lou seinen Job zu einer Kunstform des Bösen entwickelt. Eine Performance des Irrsinns. Der blanke Wahnsinn verbeugte sich als Hauptdarsteller vor seinem Weltpublikum.

Es krachte also, wie bekannt, und irgendwann, in den Rauchschwaden, die nun aus dem Hochhaus stiegen, konnte auch ein relativ fantasieloser Betrachter ganz deutlich Lous Gesicht erkennen.

«Jetzt übertreibt er aber», sagte Josh.

«Maßlos», ergänzte Albert.

«Völlig daneben», stimmte Henry zu.

«Wir müssen mit ihm reden, Ragazzi. Und zwar pronto», meinte Linguini.

Ich musste den Jungs Recht geben. Lou trieb es wirklich zu weit. Das war bestimmt kein Teil mehr vom Plan des Chefs. Hier hatte sich etwas selbstständig gemacht, hier blies jemand sein Ego auf. Keine Spur mehr von subtiler Undercoverarbeit, demütiger Hingabe an die eigene Aufgabe. Lou begann sich persönlich ins Rampenlicht zu setzen, und damit konnte er wirklich Ärger erzeugen.

«Der macht sich über uns lustig», meinte Mike.

«Direkt vor unserer Nase», ergänzte Gabriel.

«Ich denke, er will uns herausfordern», überlegte Albert.

«Wenn das der Chef hört», sagte Linguini.

«Vielleicht würde es ihn gar nicht so sehr stören», sagte Albert.

«Wen?», fragte ich.

«Den Chef. Wisst ihr, was mir zu Ohren gekommen ist?»

Wir neigten uns Albert entgegen, und zum ersten Mal schoss mir der Begriff *Verschwörung* durch den Kopf.

«Mir ist zu Ohren gekommen, dass der Chef beschlossen hat aufzuräumen.»

«Aufzuräumen?», wiederholten drei von uns fast gleichzeitig.

«Schwapp», machte Albert.

«Drück dich mal deutlich aus, Albert. Bist doch sonst nicht auf den Mund gefallen», sagte ich.

«Also, so wie damals eben», druckste Albert herum. Ich spürte, dass ihm das Thema unangenehm war. «Ihr seht doch selbst, was los ist. Die ganze Belegschaft schuftet Tag und Nacht, Überstunden ohne Ende, und wofür? Es wird immer schlimmer. Ich habe gehört, dass der Chef den Laden hier unten erst mal eine Weile dicht macht.»

«Du meinst…»

Albert nickte, sorgenschwere Falten auf seiner Stirn.

«Er will Schluss machen? Einfach basta und finito?» Linguini stand das Entsetzen ins Gesicht geschrieben.

«Plan gescheitert. Neustart», fügte Albert kopfnickend hinzu.

«Wäre ja nicht das erste Mal», bemerkte Josh.

«Ist vielleicht sogar das Beste», überlegte Linguini. «Meine Einheit schafft es schon lange nicht mehr. Viel zu viele Menschen. Und neuerdings heiraten sie auch noch mehrfach. Immer wieder. Unmöglich, die noch alle zu betreuen.»

«Aber die schöne Welt…», sagte ich, ein wenig melancholisch gestimmt.

«Na ja, er macht bestimmt eine neue», meinte Albert.

«Unser Park…», stammelte Henry.

«Er wird schon wieder Bäume und Wiesen wachsen lassen. Denke ich zumindest.» Albert klang trotz allem nicht wirklich hoffnungsvoll.

«Mir wird das Schumann's abgehen. Ich liebe Nachtbars», sagte Rafael.

«Und mir der Superbowl», sagte Mike.

«Wo ich doch so gerne ins Kino gehe», jammerte Rafael.

Uns allen wurde ziemlich wehmütig, als wir uns ausmalten, auf was wir alles würden verzichten müssen. Gut, wir hatten schon einige Konkurse und Neugründungen miterlebt, drei, um genau zu sein, aber noch nie hatte die Welt so viel Abwechslungen und Annehmlichkeiten – auch für uns Engel –

hervorgebracht. Die Aussicht auf ein paar hundert Jahre Überschwemmung, um danach wieder in der Steinzeit zu beginnen, erheiterte wahrlich keinen von uns. Gut, wir würden wieder jede Menge Freizeit haben, Musik, Tanz und Gesang würden im Himmel zu neuem Leben erblühen, aber immer nur frei zu haben war auf Dauer genauso langweilig, wie nie frei zu haben.

«Leute, wir müssen das verhindern», sagte ich.

«Meint ihr, Lou weiß davon?», fragte Henry.

«Keine Spur. Glaubst du etwa, der würde so munter darauf los arbeiten, wenn ihm klar wäre, dass er sich dabei seinen eigenen Arbeitsplatz vernichtet?»

«Nee, Lou ist zwar dunkel, aber dumm ist er bestimmt nicht», sagte Josh.

«Wir müssen ihn unbedingt finden, ehe es zu spät ist», erklärte ich.

Inzwischen war uns der Battery Park zu unruhig geworden. Tonnenweise regneten Asche und hellgrauer Staub vom Himmel, die Menschen rannten ziellos umher, und das Geheul unzähliger Sirenen durchschwirrte die Straßenschluchten.

Wir wechselten nach Hawaii, in unsere kleine Strandbucht. Hier war Morgen und die frühe Sonne beleckte das tiefblaue Meer, als wäre die Welt gerade neu geboren worden. Es roch nach Salz und Tang, die Brandung säuselte sanft am Strand auf und ab, und Segelboote glitten den Horizont entlang. Möwen kreischten über uns, und einige zogen über der Stelle, an der wir saßen, Kreise, als erwarteten sie, dass etwas Essbares für sie abfiele. Ich empfand das als ungewöhnlich und machte eine Bemerkung darüber, denn Möwen ziehen normalerweise keine Kreise.

«Ob die uns sehen können?», überlegte Henry.

«Komisch ist das ja schon, dass die genau über uns bleiben», bemerkte Albert.

«Ist halt insgesamt eine ziemlich komische Zeit, im Augenblick», sagte Gabriel.

«Wenn nicht mal mehr auf die Möwen Verlass ist, dann muss schon einiges los sein», meinte Mike.

«Es riecht förmlich nach Veränderung, finde ich», sagte Linguini und sog die Meeresbrise geräuschvoll in sich ein. Wohl jeder von uns fragte sich sehnsüchtig, was er in diesem Augenblick riechen konnte.

«Vielleicht hat der Chef Recht», sagte ich, ziemlich frustriert.

«Vielleicht aber auch nicht», meinte Albert.

«Aber der Chef hat immer Recht», sagte Mike.

«Jungs, das führt zu nichts», unterbrach ich sie.

Da saßen wir nun, ahnungslos und schweigend im Halbkreis am Strand, und starrten aufs Meer hinaus.

«Eigentlich können wir überhaupt nichts ausrichten», sagte Gabriel nach einer Weile. «Wir sind nichts weiter als eine Handvoll machtlose Engel.»

«Nicht mal sehen können wir ihn», beklagte sich Josh. «Wie sollen wir mit Lou reden, geschweige denn ihn zum Chef bringen, wenn er uns auf dem Kopf herumtanzen könnte, ohne dass wir es merken?»

«Vielleicht kann man ihn riechen», schlug Linguini vor. «Irgendwo habe ich gelesen, dass er ziemlich nach Schwefel stinkt.» Er rümpfte die Nase.

«Und wenn schon, was hilft uns das? Wir können doch keine Schwefelwolke einfangen», entgegnete ich.

«Stimmt auch wieder.»

So ging es eine zeitlang hin und her, ohne dass wir zu einer Idee kamen. Keine Frage, eine Vorstufe von Depression begann sich unter uns breit zu machen. Ich starrte auf den Sand zu meinen Füßen. Eine Krabbe lief von ihrem Unterschlupf aus durch mich hindurch, dem Meer entgegen, um sich beherzt in die Brandung zu stürzen.

«Weihwasser vielleicht», überlegte ich.

«Was?»

«Ich hab mal gehört, Lou mag kein Weihwasser.»

«Und ich hab mal gehört, er mag keine Kruzifixe», sagte Rafael. «Und trotzdem treibt er sich bei Trauungen und Beerdigungen in den Kirchen herum. Ich glaube, das sind alles Märchen.»

Wir mussten erkennen, dass unser Wissen über Lou alles andere als tiefschürfend war.

«Wir bräuchten einen Verbündeten», überlegte Rafael, der schon immer strategisch dachte. «Einen Profi. Eine Art Detektiv, der auf die dunkle Seite spezialisiert ist.»

«Ein Exhibitionist vielleicht?», schlug Josh vor, der neben Sprichwörtern auch Probleme mit Fremdwörtern hatte.

«Exorzist», berichtigte ich fast schon automatisch. «Rafi hat Recht. Wir müssen uns einen Experten suchen. Ohne Fachmann geht gar nichts.»

«Vielleicht einen Priester?», schlug Mike vor.

«Oder gleich einen Papst?», meinte Gabriel.

«Habt ihr schon mal von einem Papst gehört, der einen von uns hören oder sehen konnte?», fragte Albert.

Alle dachten angestrengt nach. Vor unserem inneren Auge ließen wir alle vergangenen Päpste vorbeiziehen.

«Nee», sagte Henry schließlich als erster.

«Niente», meinte Linguini.

«Na also», sagte Albert. «Selbst wenn ein Papst Lou sehen könnte, nützt uns das gar nichts, weil er uns nicht sehen oder auch nur hören kann. Schlechte Grundlage für eine Zusammenarbeit.»

Alberts Gedanke entbehrte nicht einer gewissen Logik, und so überließen wir uns wieder unseren trübsinnigen Gedanken.

«Na, dann eben nicht», sagte ich schließlich. «Kommt, Jungs, wir haben einen Job, und solange es diese Welt gibt, werden wir ihn so gut machen, wie es geht.»

Sharky

Sehen Sie den dort drüben, der gerade den Mülleimer nach leeren Dosen durchwühlt? Das ist Sharky. Eine Seele von Mensch, aber niemand weiß es, weil Sharky immer alleine ist. Dafür ist er einer der wenigen, die uns sehen und hören können.

«Hey, Sharky!»

Da, er winkt uns zu! Die Leute halten ihn für verrückt, unter anderem deswegen. Überhaupt werden Menschen, die uns wahrnehmen können, für gewöhnlich wie Spinner behandelt.

Kommen Sie, wir gehen mal rüber. Keine Angst, er kann Sie nicht sehen.

«Was macht das Leben, Sharky?»

«Man schlägt sich so durch.»

«Haben sie dich wieder eingesperrt?»

Sharky wird dauernd eingesperrt, mindestens jeden Monat einmal, aber selten länger als für achtundvierzig Stunden.

Er ist eine ehrliche Haut, der würde eher noch etwas dazulegen, aber er ist nun einmal obdachlos und hat keinen Ausweis.

«Eingesperrt? Nee, ich hab schon seit Wochen kein warmes Bett mehr vom Staat bekommen.»

Ich weiß, er sieht etwas verlottert aus, aber er ist ein prima Kerl und ein alter Freund. Wir haben uns kennen gelernt, als er abtreten wollte, damals, als er auf dem Speicher des verlassenen Hauses in Long Island den Strick um den Balken geknüpft hatte. Sharky hatte vor, sich aus dem Staub machen, obwohl es noch gar nicht Zeit war, und ich konnte gut nachvollziehen, warum. Ich erinnere mich an kaum einen Menschen, der in seinem Leben so wenig Liebe erfahren hat wie Sharky bis zu dem Zeitpunkt, als ich ihn traf.

Sharky wurde in einer Mülltonne geboren, einer Continental 760, wie er noch heute immer wieder betont, diese großen, silbernen Containern mit vier Rollen und einem gewölbten Deckel, wie sie in Hinterhöfen von Hochhäusern stehen. Seine Mutter war erst sechzehn gewesen, selbst noch ein Kind, und ein Baby passte damals überhaupt nicht in ihren Lebensplan. Sie stahl sich aus dem Wohnheim fort, als ihr Bauch begann, die ersten fragenden Blicke auf sich zu ziehen, und als es so weit war, dass Sharky raus wollte, an diesem nasskalten Aprilabend, war die Continental 760 der einzige trockene Ort in der Nähe gewesen. Als eine Anwohnerin Sharky am nächsten Morgen zwischen Kaffeesatz und Gurkenschalen fand, rumpelte seine Mutter schon in einem Güterwaggon die Schienen Richtung Westen entlang, in der Hoffung, in Las Vegas einen Job als Animiermädchen in einem Spielcasino zu bekommen.

Man kann also getrost behaupten, dass Sharkys Start ins Leben alles andere als von einem Glücksstern überstrahlt gewesen war.

Mülltonnen hatten von Anfang an große Bedeutung für Sharkys Leben gehabt, und die Continental 760 hatte ihn bis heute nicht losgelassen. Nicht als Müllsortierer, nicht als Running Boy hinten auf den Müllwagen, und auch nicht zum Zeitpunkt seines Karrierehochs, als Führer eines Müllbaggers auf der städtischen Deponie von Staten Island.

Es hätte gut weitergehen können, Sharky hatte sich mit Dreißig endlich auf dem aufsteigenden Ast des Lebens gefühlt. Wäre da nicht dieses Missgeschick mit dem Leiter der Deponie gewesen. Sharky hatte eine Inspektionsrunde übersehen, seinen Walkman zu laut aufgedreht und außerdem war er, ohne es zu wissen, ziemlich kurzsichtig. Er hatte seinen

Chef zusammen mit dem anderen Müll mit dem Greifer gepackt und in die Kompressionshydraulik befördert, wo Müllpakete gepresst und per Fließband in die Verbrennung befördert wurden. Zum Glück hatte sich der Chef rechtzeitig befreit, aber Sharky war seinen Job schneller los gewesen, als er vom Müllbagger klettern konnte, und zudem hatte er eine Anklage wegen Körperverletzung am Hals gehabt.

In seiner Zeit als Arbeiter in der Sortieranlage für den Gefängnismüll hatte Sharky endgültig erkannt, dass er einfach nicht zum Karrieretyp taugte, und als er endlich raus kam, hatte er jegliche Ambitionen aufgegeben, auch nur ein geringes Fünkchen Glück vom Leben fordern zu wollen.

Sharky war ganz unten. Er schlief unter Parkbänken, die er an Regentagen mit Plastikfolie überzog, unter Brücken, in Hauseingängen und in U-Bahnschächten. Aber wann immer es irgend möglich war, zog er sich tief in den vertrauten Ort seiner Menschwerdung zurück, in eine Continental 760.

Doch selbst Mülltonnen leben nicht ewig, und die Continental war stark vom Aussterben bedroht, wodurch Sharky auch den letzten Rest von Geborgenheitsgefühl in seinem Leben verlor. Schließlich beschloss er, dass die Zeit gekommen war, seinem sinnlosen Dasein ein Ende zu bereiten. Er suchte sich in dem zerfallen Gartenschuppen neben einem zum Abriss bestimmten Haus, das er als seinen letzten Ort auf Erden ausgewählt hatte, einen vergammelten Strick, stapelte auf dem Speicher zwei Hocker aufeinander und knotete das Seil am Dachbalken fest.

Genau in diesem Augenblick bekamen wir bei uns oben eine 013-Alarmmeldung rein. 013 bedeutet ‹ungeplanter Abtritt wegen Liebesmangel›, und es bedeutet auch, dass sich augenblicklich einer von uns auf den Weg machte, um das Schlimmste zu verhindern. In diesem Fall war ich an der Reihe.

Als ich auf dem Dachboden auftauchte, war es später Nachmittag. Die bleichen Strahlen der im Verschwinden begriffenen Herbstsonne betasteten den Holzboden wie Finger aus Staub und Licht.

Sharky hatte das Seil inzwischen mit einem abenteuerlich anmutenden Knotenwerk an dem Balken befestigt. Er stand auf seiner Hockerkonstruktion und war gerade dabei, an der Schlinge herumzuwursteln, weil er beim ersten Versuch offenbar seinen Kopf nicht hindurchgebracht hatte.

Ich schwebte an Sharkys Seite, mein Gesicht auf der Höhe von seinem, halb hinter ihm, so dass ich ihm gut ins Ohr flüstern konnte.

«Lass das sein, Sharky. Es ist noch nicht so weit.»

Sharky schien mich nicht zu hören, denn er fingerte mit zittrigen Händen an seinem lausig geknüpften Galgenknoten herum. Wenn alles gut ging, würde schon dieser Knoten dafür sorgen, dass Sharkys Plan scheiterte. Aber wenn nicht?

«Der Chef liebt dich, Sharky. Das Leben ist schön», sagte ich, meinen Mund dicht an seinem Ohr.

Tränen rannen über Sharkys schmutzverkrustete Wangen und spülten Rinnen aus heller Haut frei. Ich spürte mit jeder Faser meines Seins bis in die allerletzte Flügelspitze, dass Sharky eigentlich noch nicht gehen wollte, aber sein Elend war so groß, dass er es unmöglich länger ertragen konnte. Er wusste einfach keinen Ausweg mehr.

«Der Chef ist die Liebe, die Liebe ist das Licht, und das Licht ist der Weg, Sharky.»

Für einen Moment hielt er inne, so als hätte er tatsächlich etwas gehört, doch dann machte er weiter an seinem Knoten herum. Schließlich hatte er es geschafft und zwängte seinen Kopf durch die Schlinge. Die Tränen liefen jetzt in Sturzbächen an Sharkys Kinn herunter und versammelten sich auf dem staubigen Holzboden zu dunklen Pfützen und wilden Tropfenmustern.

Sharky zog die Schlinge zusammen und atmete noch einmal tief durch. Jetzt lief auch seine Nase, doch er hatte nicht vor, sie jemals wieder mit seinem Ärmel abzuwischen.

Für mich war es jetzt höchste Eisenbahn für deutlichere Maßnahmen. Ich berührte mit drei Fingern meiner linken Hand ganz langsam Sharkys Herz. Im selben Augenblick fühlte ich einen Schmerz in mir explodieren, wie ich es noch nie zuvor gespürt hatte. Das gesammelte Leid von Sharkys elendem Leben durchzuckte mein Sein bis in die letzte Lichtquante und gleichzeitig verstand ich, warum er sich nichts auf der Welt sehnlicher wünschte, als dem ein Ende zu bereiten. Trotzdem ließ ich nicht locker und blieb mit meinen Fingern auf seinem Herzen, was dazu führte, dass ein Zucken, begleitet von einem Aufschluchzen, Sharkys Körper durchfuhr und er die Balance auf seinen Hockern verlor.

«Wunder!», schrie ich, so laut ich konnte, und im selben Augenblick, als Sharky seinem geplanten Ende entgegenstürzte, riss der Strick.

‹Wunder› ist ein Codewort, das nur wir Doppelnullen und auch nur in äußersten Notfällen einsetzen dürfen. Es verbindet uns augenblicklich und auf direktem Weg mit dem Chef, und der tut, was eben zu tun ist.

Einen kleinen Ruck am Hals gab es dennoch, und Sharky stürzte mit einem gurgelnden Geräusch dem Boden entgegen. Noch im Flug ruderte er mit seinem rechten Fuß in der Luft herum, was dazu führte, dass er in einem ziemlich unglücklichen Winkel, mit der Fußkante zuerst, auf dem Boden aufkam. Sharkys Knöchel quittierte das mit einem deutlichen Knacken.

Schließlich war es vorbei und Sharky wand sich weinend, keuchend, den Knöchel haltend und wie Espenlaub zitternd im Staub. Einer der Finger aus Sonnenlicht strich über sein Gesicht und ließ seine Tränen funkeln wie winzige Edelsteine.

Ich kniete neben ihm, eine Hand auf seinem Rücken.

«Armer Sharky», flüsterte ich.

Plötzlich drehte er seinen Kopf zur Seite und sah mir direkt ins Gesicht.

«Mann, ich hab's wohl doch geschafft, oder?»

Ich war völlig baff. «Du kannst mich sehen?»

«Und wie», sagte Sharky. «Holst du mich ab, Kumpel?»

«Nein. Ich bin kein Abholer. Es ist noch nicht so weit», erklärte ich.

«Wer bist du dann? Sanitäter oder so was?»

Ein neuer Schmerzschub von seinem Knöchel durchzuckte seinen Körper, und er verzog das Gesicht.

«Ich bin Chris.»

«Aha. Ich bin Sharky.»

«Ich weiß», sagte ich. «Wie kommt es, dass du mich sehen kannst?»

«Das fragst gerade du mich? Ich hab doch keinen Schimmer von gar nichts, Mann. Also habe ich es jetzt geschafft?»

«Nein, du bist noch am Leben, Sharky», sagte ich und deutete auf das Seilstück um seinen Hals.

«Mist», sagte Sharky, während er sich das gerissene Ende des Stricks vor die Augen hielt. «Nicht mal richtig umbringen kann ich mich.»

Der Plan

Nachdem Sie jetzt so ziemlich alle Mitwirkenden kennen, die an jenen sagenhaften Ereignissen zwischen Himmel und Erde beteiligt waren, ist es Zeit, Ihnen von unserem Plan zu erzählen. Das heißt, zunächst einmal hatten wir ja noch gar keinen Plan…

Es war wieder einmal Sonntag. Seit unserem eher frustrierenden Treffen auf Hawaii waren sieben Monate vergangen, und inzwischen war New York wieder ziemlich aufgeräumt. Wenn ich mich zurückerinnere, war das Treffen an diesem Tag der alles entscheidende Auslöser für die kommenden Ereignisse. Wir saßen nach Dienst im Central Park zusammen, alle Doppelnullen, außer Nummer Eins natürlich, und hatten es uns auf dem Rasen unter einem Haselnussbaum im Kreis gemütlich gemacht. Eigentlich lungerten wir nur so herum, beobachteten die Drachen am Himmel, die Spaziergänger, Skater, Radfahrer und Jogger. Und Sharky, wie er die Mülleimer durchsuchte. Natürlich sah er uns, und wir sahen ihn, wir alle winkten ihm zu, und er winkte zurück.

«Manchmal frage ich mich, ob Sharky nicht irgendwie einer von uns ist», sagte Albert mit gerunzelter Denkerstirn.

«Ohne Flügel?», meinte Linguini.

«Naja, vielleicht hat er sie verloren. Irgendwann. Bei einem Unfall oder so.»

«Ich habe noch nie gehört, dass Engel Unfälle haben, außer vielleicht die Sache mit Nummer Eins.»

«Und der in dem Film.»

«Welcher Film?», erkundigte sich Rafael.

«Der, in dem der Engel mit dem langen dunklen Mantel vom Dach springt, wegen seiner großen Liebe», sagte Albert.

«Ach der. Ist doch nur eine Fantasiegeschichte. Wie oft bist du schon vom Dach gesprungen?»

«Keine Ahnung. Tausend Mal vielleicht, oder mehr.»

«Und?»

«Nichts.»

«Siehst du, Engel haben keine Unfälle.»

«Er hat es ja auch absichtlich getan. Er wollte ein Mensch werden», erklärte Albert.

«So einen Blödsinn können sich nur die in Hollywood ausdenken», warf Mike ein. «Ich kenne keinen, der mal Engel war und was anderes sein wollte.»

Es war eine der Diskussionen, wie sie typisch für unsere gemeinsamen Sonntagnachmittage waren. Wir theoretisierten ein wenig herum, ein Gedanke stieß den anderen an, aber im Grunde war es seit Anbeginn der Ewigkeit immer dasselbe.

«Ich habe es richtig satt», beschwerte sich Henry.

«Was?», fragte ich.

«Seit Jahrtausenden arbeiten wir wie die Verrückten, aber nichts ändert sich. Es ist so sinnlos wie ein dritter Flügel.»

«Ich finde sogar, es ist eher noch schlimmer geworden, gerade in den letzten paar hundert Jahren», sagte Gabriel.

«Schluss jetzt», unterbrach ich. «Herumzumeckern hilft nichts. Außerdem es ist schlecht fürs Betriebsklima.»

«Aber Frust ist auch schlecht fürs Betriebsklima», bemerkte Josh in trotzigem Tonfall.

«Wir sollten etwas tun. Ein Plan wäre gut», meinte Albert nachdenklich. «Pläne sind immer gut.»

«Wir haben doch schon einen Plan. Den göttlichen. Was willst du denn sonst noch?», fragte Josh.

«Ich will ja keine Cheflästerung betreiben, aber vielleicht sollte der Plan… sagen wir: ein wenig überprüft und aktualisiert werden.» Albert knetete unbewusst seine Fingerknöchel.

«Da möchte ich aber nicht dabei sein, wenn du das dem Chef vorschlägst», meinte Linguini.

«Der Chef muss ja gar nichts wissen. Es wäre unser eigener Plan. Ein Geheimplan sozusagen.»

«Ein Geheimplan?», stießen wir alle gleichzeitig entsetzt hervor.

«Genau. Nur wir Doppelnullen wissen davon.»

Albert sah uns der Reihe nach mit lauerndem Blick an.

«Und was soll das sein?», erkundigte ich mich.

Albert zuckte mit den Schultern. «Keine Ahnung. Was meint ihr denn?»

«Wir könnten streiken», schlug Rafael vor.

«Unsinn, das macht ja alles nur noch schlimmer. Ein guter Plan macht alles besser», erklärte Albert.

«Dienst nach Vorschrift?», meinte Linguini.

Albert schüttelte den Kopf. «Dasselbe in Grün.»

«Wir müssen die Wurzel beim Übel packen», sagte Josh, der damit wieder einmal sein Sprichwörterproblem in die Runde streute. Aber ich verstand, was er meinte.

«Josh hat Recht. Wir *müssen* Lou finden», stieß ich hervor.

Alle sahen mich entsetzt an. Ich nickte bekräftigend.

«Er ist die Wurzel. Ich meine, das Übel.»

Tatsächlich wurde mir in diesem Augenblick klar, wo der Fehler im System lag. Es war die Nummer Eins. Lou, der Schatten, die Fliege in der Suppe des Lebens, der Floh im Schopf der Glückseligkeit, die Straßensperre auf dem Weg zur Erleuchtung. Ihn mit einem Sonderauftrag nach unten zu schicken, um den Menschen die Möglichkeit zu geben, am Üblen zu lernen, war ein großer Fehler gewesen. Die Sache mit Lou war außer Kontrolle geraten, und nun konnte man es kaum noch rückgängig machen.

«Du willst ihm doch nichts antun?», krächzte Henry. Er und die anderen blickten mich fragend an.

«Kein Gedanke», gab ich zurück. «Nein, ich glaube, unsere Idee, ihn einzufangen, ist das Beste. Oder ihn zumindest so weit zu bringen, dass er zum Chef geht und die beiden sich aussprechen.»

«Wir sollen Lou fangen? *Den* Lou? Lou, den Unsichtbaren? Lou, das Gerücht? Du meinst allen Ernstes, wir sollen ein Gerücht fangen?», ereiferte sich Josh.

«Wie sollen wir ihn denn sonst zum Chef bringen?»

«Ihr könntet ja mal mit ihm reden», sagte Sharky. Im Laufe seiner Mülleimertour war er immer näher gekommen und hatte wohl einen Teil des Gesprächs mitbekommen.

Unsere Köpfe fuhren herum, wie von einem gemeinsamen Räderwerk getrieben. Acht Augenpaare starrten Sharky an, und Sharky starrte aus seinen wasserblauen Augen zurück. Einige der Dosen, die er in seinen drei schwarzen Plastikbeuteln hinter sich her zog, gaben blecherne Geräusche von sich.

«Macht man doch so», sagte Sharky schulterzuckend. «Wenn einer Ärger macht, knöpft man ihn sich vor. Ist doch normal, oder?»

«Das geht nicht, Sharky», erklärte ich nach einer weiteren langen Pause. «Niemand kann ihn sehen. Selbst wir nicht.»

«Ich schon», sagte Sharky, während er an einem seiner Tütenknoten herumfieselte.

Was jetzt in unserer Sonntagnachmittagsrunde vorging, lässt sich mit Worten nur schwer beschreiben. Kinnladen klappten herunter, Münder standen offen, Augen glotzten entsetzt, Köpfe machten ungläubige Wackelbewegungen. Linguini ließ sogar seine Zunge ein wenig heraushängen, was einen ziemlich unintelligenten Ausdruck zur Folge hatte, aber es zeigte am besten, was gerade in uns allen vorging. Kurz und gut, wir waren wie vom Donner gerührt, vom Blitz getroffen und von der Erde verschluckt, alles gleichzeitig.

«Du hast Nummer Eins gesehen? Lou? Den leibhaftigen Lou?», fragte Josh, der als erster wieder zu Besinnung kam.

«Er hat mir sogar was geschenkt», erklärte Sharky, während er in seiner ausgebeulten Hosentasche herumkramte. Schließlich förderte er einen goldenen Anhänger, eine Art Halskette, zu Tage. Sharky machte ein paar Schritte auf unseren Kreis zu und hielt uns den Anhänger entgegen. Engelsaugen sind sehr gut, und keiner musste aufstehen, um zu erkennen, was wir da vor uns hatten.

Das Ding pendelte an der Kette hin und her und reflektierte die nachmittäglichen Sonnenstrahlen durch uns hindurch.

«Seine Dienstmarke», stieß Albert schließlich hervor. «Nummer Eins hat seine Dienstmarke verschenkt. An einen Penner.»

«Hey, redet gefälligst nicht über mich, als wäre ich nicht da», beschwerte sich Sharky.

«Tschuldigung, Sharky», sagte ich.

«Seltsame Form», meinte Henry.

«Es könnte auch ein Schlüsselanhänger von einem Hotel sein. Zimmernummer 001», überlegte Rafael.

«Oder ein Kofferanhänger», schlug Albert vor.

«Oder der von einer Autovermietung», sagte Josh.

«Spinnt ihr Typen jetzt, oder was?», fuhr Sharky dazwischen, was dafür sorgte, dass alle Aufmerksamkeit sofort wieder bei ihm war. «Ich lüg' doch nich'.»

«Schon klar, Sharky», versuchte ich ihn zu beschwichtigen. «Es ist nur so, dass niemand Nummer Eins sehen kann. Niemand, verstehst du? Und seine Dienstmarke würde er auf keinen Fall verschenken.»

«Außer…», sagte Albert.

«Außer was?»

«Außer, Nummer Eins hat gekündigt. Fühlt sich nicht mehr dazugehörig.»

«Vielleicht ist er in Rente gegangen», schlug Gabriel vor.

«Sharky, wann hat er dir das gegeben?», fragte ich.

«Na ja, er hat's mir nich' so direkt gegeben. Eigentlich hat er das Ding in den Mülleimer geworfen, ich hab's gesehen und mir danach geholt.»

«Wann war das?», bohrte ich nach.

«Letztes Jahr im Sommer oder so», sagte Sharky und zog dabei den Inhalt seiner Nase in Richtung Rachen hoch.

«So lange schon?», wunderte sich Rafael. «Bist du sicher?»

«Sicher ist gar nichts», sagte Sharky. «Aber dieses Jahr war's bestimmt nich'. Hab versucht das Ding zu versetzen, letzte Weihnachten. Dachte, es wäre Gold und was wert.» Er steckte die Marke wieder ein. «Is' aber kein Gold. Der Typ hat gesagt, er weiß nich', was es is', sieht schon aus wie Gold, is' aber keins.»

Allgemeines Gemurmel, Kopfnicken, Kinnreiben, Hinterkopfkratzen – kurz und gut, unsere Gedanken liefen auf Hochtouren.

«Wenn das schon so lange her ist, hat er sich auf jeden Fall nicht zur Ruhe gesetzt», sagte Mike nach einer Weile.

«Warum wirft er dann die Marke weg?», fragte Henry.

«Dafür gibt es nur einen Grund: Er hat sich entschieden, einen Alleingang zu machen. Er hat mit dem Chef gebrochen und zieht jetzt seine eigene Nummer durch. Unerreichbar.»

«Ihr meint, nicht einmal der Chef könnte ihn jetzt noch aufspüren?»

«Der Chef kann alles. Nur wollen muss er.»

«Ich muss jetzt weiter», meldete sich Sharky. «Viel Spaß noch euch Jungs.»

Er winkte, griff seine Müllbeutel, zwei in der linken, einen in der rechten Hand, und machte sich auf den Weg.

«Sharky, warte mal», rief ich und sprang auf.

Sharky hielt inne und drehte sich um. Inzwischen waren auch die anderen aufgesprungen, und wir scharten uns im Halbkreis um unseren Freund.

«Kannst du ihn immer sehen?», wollte ich wissen.

«Keine Ahnung. Aber ziemlich oft», sagte Sharky und linste misstrauisch in unsere Runde.

«Wenn ich dich an einen Ort bringen würde, wo er wahrscheinlich ist, meinst du, du würdest ihn erkennen?»

Sharky zuckte mit den Schultern. «Keine Ahnung.»

Ich sah die anderen an und bemerkte, dass sie meine Idee verstanden hatten. Zustimmung stand in ihre Gesichter geschrieben.

Ich schlug einen salbungsvollen Tonfall an.

«Sharky, würdest du uns die Ehre deiner Kunst erweisen und uns den Leibhaftigen zeigen?»

«Ich muss aber noch Dosen sammeln», sagte Sharky. Noch immer war ihm das pure Misstrauen ins Gesicht geschrieben.

«Wir könnten dir dabei helfen», schlug Albert vor.

«Genau. Wir sind in der Lage, durch Mülleimer zu gucken, ohne sie auszuräumen. Können dir gleich sagen, was sich lohnt oder nicht», sagte Linguini.

«Das spart eine Menge Zeit», erklärte Albert.

Sharky musterte uns der Reihe nach argwöhnisch.

«Ihr wollt alle mit auf meine Tour gehen?»

Wildes Nicken und zustimmende Rufe aus unserer Runde schlugen ihm entgegen.

«Na, von mir aus», sagte Sharky.

Endlich hatten wir einen Plan!

Leibhaftig

«Und – siehst du ihn?», fragte ich ungeduldig.

«Immer langsam», murmelte Sharky, der mit zusammengekniffenen Augen neben mir im Beichtstuhl stand und mit seinem Blick durch einen Spalt im Vorhang hindurch den Innenraum der Kirche abrasterte.

«Sharky, du bist ja kurzsichtig», stellte ich fest.

«Ich sehe alles, was ich will», sagte Sharky, ohne seine Suche zu unterbrechen.

«Bist du auch ganz sicher, dass du Lou erkannt hast, damals, als er die Marke in den Mülleimer warf?»

Sharky starrte mich an, fast ein wenig wütend.

«Soll ich euch jetzt helfen, oder was?»

Ich schluckte. «Doch, natürlich, Sharky.»

«Dann lass mich gefälligst in Ruhe gucken.»

Ich war still, und Sharky blinzelte wieder in die Runde der zahlreich versammelten Hochzeitsgäste. Die Kirche war, wie bei einer Prominentenhochzeit nicht anders zu erwarten, zum

Bersten mit Verwandten, Freunden und Bekannten des Brautpaars gefüllt, und im hinteren Teil tummelte sich eine Heerschar von Journalisten und Fotografen.

Die Jungs und ich hatten dieses Ereignis sorgsam ausgewählt. So etwas würde Lou sich nicht entgehen lassen, nicht diese Heirat. Die beiden da vorne dachten, sie wären verliebt, dabei hatten sie nicht mal den Schimmer einer Ahnung, was Liebe tatsächlich sein konnte. Sie kannten sich erst drei Wochen – gemeinsame Dreharbeiten, Sie verstehen –, ertranken fast im Rausch ihrer Hormone, wie ein Fuselbruder nach seiner vierten Flasche Chianti. Und die beiden waren weltberühmt. Wenn Lou hier einen Skandal anrichten könnte, würde die Meldung schneller um den Globus schießen als Superman mit einer Ladung Ameisen in der Hose.

Plötzlich ging ein Ruck durch Sharky.

«Da isser», sagte er und deutete quer durch das Kirchenschiff.

Engel verfügen, wie schon erwähnt, über prima Augen. Ich folgte Sharkys ausgestrecktem Finger mit meinem Blick, konnte aber nichts Ungewöhnliches erkennen.

«Wo denn?»

«Na da. Er lümmelt hinter dem Altar rum.»

«Ich sehe nichts, Sharky.»

«Weil du nicht willst. Bist schon ganz blind, wegen deinem Job, denke ich. Immer nur Liebe…»

Ich gab mir wirklich Mühe, glotzte, zwinkerte und starrte in die Richtung, die Sharky mir wies, aber ich konnte einfach nichts erkennen.

«Sharky, da ist niemand.»

«Weil du immer nur das eine im Kopf hast», erklärte Sharky. «Man sieht nur, was man sehen will, ist doch ein alter Hut.»

«Aber ich will ihn ja sehen», sagte ich und stierte noch angestrengter.

«Guck mich mal an», sagte Sharky in ungewohnt strengem Tonfall. Ich hatte das Gefühl, gleich würde er ein Taschentuch mit der Zunge anfeuchten und mir einen Fleck aus dem Mundwinkel reiben. Der Beichtstuhl war ziemlich eng, eigentlich zu eng für zwei, aber auf eine gewisse Art nehmen wir Engel nicht wirklich denselben Raum ein wie die Menschen. Ich drehte mich um und blickte Sharky in die Augen.

«Du kannst ihn nicht sehen, weil du das Böse nicht sehen willst», sagte Sharky. «Du willst immer nur reparieren, was er anstellt, aber du hast Angst davor, ihm persönlich gegenüber zu stehen.»

«So ein Unsinn, Sharky. Engel können keine Angst haben.»

«Nicht?»

«Keinesfalls. Und wenn, dann bestimmt nicht so, wie ihr Menschen.»

«Wie denn dann?»

«Überhaupt nicht. Wir sind das Licht.»

«Na gut. Und was mögt ihr am allerwenigsten?»

«Überstunden.»

«Dann denk' eben an hunderttausend Überstunden und guck noch mal rüber.»

Ich war über Sharkys Veränderung wirklich verblüfft, hatte ich ihn doch bislang immer von einer intellektuell eher minder ausgeprägten Seite kennen gelernt. Ich folgte seiner Empfehlung und stellte mir hundert Jahre Arbeit ohne Pause vor. Keine Sonntagnachmittagstreffen mit den Jungs im Park, keine gemeinsamen Mittagspausen, keine Nachtbars, kein Philosophieren über den Chef und die Welt, nie mehr Harfe oder Posaune, keine Zeit für den Chor...

Ich weiß heute noch nicht, was dabei in mir geschah, aber es wirkte. Irgendetwas veränderte sich in dem Bereich meiner Erscheinung, in dem Menschen ihren Bauch haben. Da stieg etwas hoch, und es fühlte sich nicht angenehm an. Ich schürzte die Lippen, kniff meine Augen auf eine Art zusammen, wie

Sharky es getan hatte, und starrte nochmals in Richtung des Altars.

Und plötzlich sah ich IHN. Er stand hinter einer Säule. Komplett in Schwarz, bis auf die Flügel. Sogar unter die Augen hatte er sich dunkle Ringe gemalt, vielleicht war er aber auch nur übernächtigt. Von Hufen, Hörnern, Mistgabeln und Schwänzen keine Spur. Zumindest soweit ich es auf den ersten Blick beurteilen konnte, gehörte das alles ins Reich der Gerüchte.

Nummer Eins linste mit verkniffenem Blick zum Altar vor, und ich vermute, er wähnte sich unsichtbar, denn obwohl ich in seine Richtung sah, zeigte er keine Reaktion, so als wäre er es gewöhnt, von anderen für Luft gehalten zu werden.

Ich verließ den Beichtstuhl und schwebte langsam auf Nullnulleins zu. Er machte noch immer keine Anstalten, sich zu verstecken oder abzuhauen. Erst als ich mich ihm auf Armlänge genähert hatte und ihm direkt ins Gesicht sah, bemerkte er, dass etwas anders war als sonst.

«Tag!», sagte ich und hätte mir am liebsten im selben Moment gegen die Stirn gehämmert. Was hatte ich mir nicht alles als meine ersten Worte ausgemalt. Und jetzt das!

Er glotzte mich an, als könnte er nicht glauben, was gerade geschah. Ich bemerkte, dass seine Augen ihre Farbe und Intensität änderten, von Schwarz zu einem kräftigen Gelb.

«Wie geht's denn so?», meldete ich mich nochmals und kam mir dabei vor wie ein Funker an Land, der zu einem wochenlang verschollenen Schiff endlich wieder Kontakt bekommen hatte.

Nummer Eins sah sich um, als vermutete er, ich könnte mit jemandem sprechen, der hinter ihm stand. Er war völlig irritiert, absolut von der Rolle. Seine Augen fuhren wie irre im Raum herum, als wäre irgendwo ein Plakat mit einer Erklärung aufgehängt oder eine versteckte Kamera montiert.

«Wer, ich?», fragte er und deutete dabei auf sich. Naja, etwas Klauenartiges hatten seine Finger ja schon. Wahrscheinlich kam er kaum zur Nagelpflege.

«Wer sonst? Du bist doch Nummer Eins, oder?»

Lou machte ein Geräusch, wie ein Dampfkochtopf, der gerade Überdruck abließ. «Du kannst mich sehen? Wer bist du?»

«Nummer Zwei. Angenehm.» Ich hielt ihm eine Hand entgegen. Er ignorierte die Geste.

«Nummer Zwei?»

«Nullnullzwei, wenn du so willst. Meine Freunde nennen mich Chris. Für dich auch gerne, wenn du möchtest.»

Lou gewann seine Fassung überraschend schnell zurück. Er trat einen Schritt zu Seite und spähte an mir vorbei auf das Brautpaar.

«Mach dich vom Acker, ich habe zu arbeiten.»

«Gerade darum geht es ja, Nummer Eins. Oder darf ich Lou sagen?»

«Sag, was du willst, aber sag es woanders. Ich habe zu tun.»

«Ich weiß. Du willst einen Skandal anrichten. Du willst, dass die Braut vor laufenden Kameras *Nein* sagt. Du willst, das der Bräutigam einen Tobsuchtsanfall bekommt und der Pfarrer einen Herzinfarkt. Stimmt's?»

«Gehirnschlag.»

«Was?»

«Der Pfarrer.»

«Ach so. Ist ja auch egal. Auf jeden Fall willst du einen Skandal anrichten.»

«Na und, was ist schlecht daran?»

«Warum tust du das?»

Lou machte ein paar Schritte auf das Brautpaar zu.

«Lass mich meine Arbeit machen.»

Ich folgte ihm, dicht an seiner Seite.

«Lou, das ist nicht mehr deine Arbeit», sagte ich.

«Ich bin freischaffend, was ich mache oder nicht, entscheide nur ich.»

«Kelly Kidman, willst du den hier anwesenden Tom Starway zum Ehemann nehmen», salbte der Geistliche gerade über die Mikrofonanlage in die Menge. «Ihn lieben und ihn ehren, in guten wie in schlechten Zeiten, bis dass der Tod euch scheidet? So antworte mit ‹ich will›.»

Kelly Kidman, die von der Starpresse nur *Die Kelly* genannt wurde, sah ihren Tom an und öffnete die Lippen. Im selben Augenblick berührte Lou sie mit einem Finger zwischen den Schulterblättern.

«Ich bin doch nicht blöd», sagte *Die Kelly*.

Die Menge schrie schockiert auf, der Priester wirkte wie von einem Stromschlag getroffen, und ein Blitzlichtgewitter durchzuckte die Kirche, was sicherlich für einige Aufsehen erregende Portraits des Nahezuehemannes mit Glubschaugen und offenem Mund sorgte.

«Lou, damit muss jetzt Schluss sein. Der Chef ist drauf und dran, die ganze Schöpfung hops gehen zu lassen», sagte ich, streckte eine Hand aus und berührte die Braut ganz leicht am Herzen.

«Ich meine, ich würde schon gerne», sagte die Braut. Schauspielerin hin oder her, die Verwirrung über ihren eigenen Sinneswandel stand ihr ins Gesicht geschrieben.

Der Priester hatte sich wieder etwas gefangen.

«Na gut», meinte er. «Dann antworte also mit ‹ich will›.»

«Ist doch nicht mein Bier», sagte Lou und berührte die Braut wieder am Rücken, diesmal mit drei Fingern.

«Lieber fresse ich eine Schüssel Kakerlaken in Hühnerdrecksauce», erklärte *Die Kelly*.

Der Priester, der noch immer ungläubig glotzende Bräutigam und wahrscheinlich der größte Teil der Anwesenden verzogen das Gesicht, als badeten ihre Zungen gerade in einer Kostprobe der ungewöhnlichen Kreation.

«Lou, wenn du mitkommst, kann ich dir Geleitschutz und Straffreiheit garantieren.» Ich berührte das Herz der Braut, dieses Mal deutlich länger. «Nur ein kleines Treffen mit dem Chef, was ist das schon.»

«Tschuldigung», sagte *Die Kelly*, zog ein spitzenbesetztes Taschentuch aus ihrer Handtasche und schnäuzte sich. «Ich weiß auch nicht, was los ist.» Sie sah ihren Zukünftigen an. «Ich liebe dich, Tom...»

«Hab keine Ahnung, wovon du sprichst», zischte Lou und legte seine ganze Hand auf den Rücken der Braut. «Und jetzt mach endlich die Fliege.»

Aus Lous Ohren dampften kleine hellgraue Rauchwölkchen. Seine Augen leuchteten zitronengelb, und seine Pupillen hatten sich zu schmalen Schlitzen zusammengezogen.

«...aber ich würde eher einen Sack Rattenmist heiraten als dich», beendete die Braut ihren Satz.

«Wenn du nicht freiwillig mitkommst, dann...» Ich versuchte Lou gegenüber einen drohenden Ton anzuschlagen.

«Was dann?», zischte Lou, dem der Qualm jetzt auch aus seiner Nase kam.

«Das reicht jetzt», sagte der Bräutigam, der seine Sprache endlich wieder gefunden hatte.

«...dann wirst du schon sehen», fuhr ich schwach fort und hätte mich gleichzeitig ohrfeigen können. Warum waren Engel einfach nicht in der Lage, auch mal ordentlich böse Dinge zu tun? Oder zumindest zu sagen? Wem konnte ein kleiner Bluff schon schaden?

«Na, das beeindruckt mich ja schwer», spottete Lou in einem Tonfall, der an Überheblichkeit kaum zu übertreffen war, und irgendwie konnte ich ihm das nicht mal verdenken. Ich fühlte mich schwach und machtlos.

Tom Starway, der abgewiesene Bräutigam, strauchelte wie benebelt die Stufen vom Altar hinunter und versuchte unter Aufbietung seiner letzten Selbstkontrolle Kurs in Richtung

Kirchenportal zu halten. Der Priester ließ seine Bibel fallen, torkelte herum und griff sich mit beiden Händen stöhnend an die Schläfen und *Die Kelly* sackte hysterisch schluchzend an Ort und Stelle in sich zusammen. Alles eingetaucht in ein scheinbar endloses Inferno von Fotoblitzen und Kamerascheinwerfern, unterlegt von wild umherschwafelnden Stimmen, vermischt mit dem Kreischen einiger mit der Braut verwandter Damen. Es war wie ein Gewitter in der Hölle.

«Siehst du, was du wieder angerichtet hast?», rief ich Lou ins Ohr.

«Gut gelaufen», sagte Lou, und sein diabolisches Grinsen legte zwei Reihen spitzer Zähne frei.

«Lou, du kommst hier nicht raus. Wir haben die Kirche umstellt. Ob du willst oder nicht – du wirst mich zum Chef begleiten.»

«Soso, die Kirche umstellt», äffte Lou mich nach. Ich hatte den Eindruck, als wäre er in den vergangenen Sekunden deutlich gewachsen.

Ich nickte. «Besser, du kommt freiwillig mit.»

«Schon mal was von Multidimensionalität gehört?», fragte Lou mit einem spöttischen Tonfall. Er klang ein wenig wie ein englischer Aristokrat, der jemandem aus dem niederen Volk eine Belehrung erteilt.

Ich erinnerte mich vage. Im dritten oder vierten Jahr an der Akademie hatten wir im Fach Realitätslehre über die Beschaffenheit der Schöpfung gelernt. Alle Unterrichtsmaterialien waren vom Chef persönlich erstellt worden – natürlich unter Zuhilfenahme diverser Skriptengel. In Realitätslehre war ich zugegebenermaßen nie besonders gut gewesen, meine Stärken lagen schon immer mehr im Musischen. Aber so viel war bei mir hängen geblieben: In den ersten vier Dimensionen, also Raum und Zeit, leben die Menschen. Wir, die Engel, leben in der fünften Dimension und können deshalb nur von wenigen Menschen wahrgenommen werden. Insgesamt gibt es unendlich viele Dimensionen, die teilweise durch Kanäle miteinander verbunden sind, teilweise aber auch völlig getrennt.

«Na?», bohrte Lou nach. «Was ist?»

«Ich erinnere mich schwach. Aber was hat das hier für eine Bedeutung?»

«Folgende», sagte Lou und schnippte mit zwei Fingern. Es gab einen Knall, und er war verschwunden. Zurück blieb nur ein feines Rauchwölkchen an dem Ort, an dem er gerade noch geschwebt war.

«Alarm!», brüllte ich, so laut ich konnte, durch die Kirche und sofort tauchten überall die Jungs aus ihren Verstecken auf. Mike auf der Kanzel, Henry an den Orgelpfeifen, Gabriel neben dem Kirchenportal, Josh am Buntglasfenster, Albert auf der Empore, Linguini hinter den Opferkerzen und Rafael aus einer Tür, die zum Nebentrakt führte.

«Was ist los?», hörte ich Rafael quer durch das Kirchenschiff rufen.

«Er ist weg!», schrie ich zurück. «Einfach verschwunden, in Luft aufgelöst. Oder besser in Schall und Rauch.»

Die Jungs schwebten von allen Seiten auf mich zu. Währenddessen herrschte in der Kirche ein unglaublicher Tumult. Sanitäter machten an dem Priester und an der Exbraut herum, die beide vor dem Altar lagen. Bodyguards versuchten vergeblich, die Meute von Presseleuten von den Stufen des Altars fern zu halten, Hochzeitsgäste drängelten entweder zum Hauptportal hinaus oder standen in Grüppchen zusammen und diskutierten kopfschüttelnd und gestikulierend den Vorfall.

Aber all das interessierte uns im Augenblick weniger als eine Statistik über die Brenndauer von Kirchenkerzen, denn Lou hatte eine Verschwindenummer hingelegt, die in Engelskreisen bislang unbekannt war. Wenn uns gelegentlich mal ein Mensch zu sehen bekam, konnten wir Ähnliches vollbringen und uns seinem Gesichtsfeld durch Rückzug in die fünfte

Dimension entziehen. Aber unter uns, die wir alle in derselben Dimension lebten, war ein plötzliches Verschwinden völlig unmöglich.

«Er ist weg, sagst du? Du hast ihn also leibhaftig gesehen?», erkundigte sich Henry.

Ich nickte. «Und gesprochen.»

«Was hat er gesagt?»

«Dass ihm alles egal ist, dass er so weitermachen wird und dass wir ihn nie erwischen werden», fasste ich zusammen.

«So ein Mist», ärgerte sich Albert.

Inzwischen war Sharky zu uns herübergekommen. Normalerweise hätten ihn die Sicherheitskräfte niemals bis zum Altar vorgelassen, aber in dem Durcheinander achtete keiner auf ihn.

«Na?», erkundigte er sich.

«Vielen Dank für deine Hilfe, Sharky», sagte ich. «Aber es hat nichts genützt. Nummer Eins ist uns über.»

«Und was jetzt?», fragte Mike.

«Keine Ahnung. Ich denke, dies ist das Ende unseres Plans.»

«Wie wäre es, wenn ihr das macht, was ihr immer macht?», schlug Sharky vor. Wie schon einmal, damals auf der Wiese, glotzten wir ihn alle gleichzeitig an.

«Wie meinen?», fragte ich.

«Na das Ding mit dem Herz-Berühren und so.» Sharky rieb sich mit dem Handrücken unter der Nase herum.

«Nette Idee, Sharky, aber Lou hat kein Herz. Wir übrigens auch nicht.»

«Deswegen geht's nicht», ergänzte Linguini überflüssigerweise. Ich denke, er wollte auch einmal etwas beisteuern.

«Na, dann eben nicht», sagte Sharky und drehte sich von uns weg, um die Vorgänge in der Kirche zu beobachten. Inzwischen waren *Die Kelly* und der Priester auf Sanitätsbahren geschnallt worden, und einige in Weiß gekleidete

Männer machten sich daran, sie mitsamt angestöpselten Infusionsflaschen auf teewagenähnliche Gestelle hinüberzuwuchten.

«Moment mal», sagte Albert. Sein Gesichtsausdruck und die Stirnfalten verrieten, dass er intensiv nachdachte. «Wer sagt denn, dass es nur klappt, wenn jemand ein Herz hat. Gibt es da gesicherte Statistiken?»

«Natürlich nicht, Albert. Jeder Mensch hat ein Herz, und wir haben immer nur Menschen berührt. Dafür braucht es keine Statistiken.»

«Wir haben also einen neuen Fall. Etwas, das noch nie da war.» Er blickte herausfordernd in die Runde. «Ein Erstversuch sozusagen.»

Albert hatte nicht Unrecht. Keiner von uns konnte sagen, was geschehen würde, wenn wir Lou berührten. Vielleicht hatten wir ja doch noch eine Chance.

In China

«Jungs, wenn wir den Kerl kriegen wollen, müssen wir die Sache psychologisch angehen», sagte Albert.

Wir saßen in einer von Linguini ausgewählten Pizzeria um einen runden Tisch herum und erfreuten uns an imaginären Cappuccinos und Stücken dieses berühmten italienischen Kuchens, dessen Name mir entfallen ist.

Albert sah mich an. «Chris, du musst Lou aushorchen. Seine Schwachpunkte herausfinden. Geh mit ihm in die Kneipe und mach ihn betrunken. Gewinne sein Vertrauen. Irgendwann verplappert er sich bestimmt, und dann wissen wir, wie wir ihn drankriegen.»

«Keine dumme Idee, finde ich», sagte Henry.

«Sogar grandiosa!», bemerkte Linguini. «Ich kenne da eine kleine Trattoria, Downtown in Little Italy. Die haben die ganze Nacht durchgehend geöffnet. Wunderbare Atmosphäre. Verführerisch, romantisch, elegant. Gefühlvolle Musik, Kerzen überall, florentinische Wandgemälde. Einfach bella.»

«Danke Linguini, aber ich will Lou ja nicht heiraten», sagte ich.

«Dann lade ihn doch zu Devils Corner an der Vierunddreißigsten, Ecke Siebte ein», schlug Rafael vor. «Ist ein bekannter Mafiatreff. Völlig verschwiegen, diskret, ruhig. Wenn ihr nach Mitternacht dort seid, könnt ihr euch ziemlich ungestört unterhalten.»

«Das kenne ich auch», sagte Josh. «Ist auch ein beliebter Politikertreff. Korruption, Erpressung, Lügen. Die ganze Stimmung dort könnte Lou gut gefallen.»

«Na gut», sagte ich. «Hauptsache, er kommt mit.»

Um Lou die Einladung zu überbringen, machten Josh und ich uns auf den Weg nach Peking, wo gerade die Vereidigung des neu gekürten chinesischen Parteivorsitzenden stattfand. Wenn ich Lou dort nicht antreffen konnte – wo dann?

Ich sollte Recht behalten. Als wir ankamen, stand das neue Staatsoberhaupt gerade einem seiner alten Freunde gegenüber – ich glaube, es war sein Schwippschwager – und nahm von einem roten Samtkissen irgendein goldenes Ding entgegen, das nach meinem eher zufällig darüber schweifenden Blick wie ein weiterer Orden aussah. Ganz kurz fragte ich mich, wo der an der Uniform des Staatschefs noch Platz finden sollte, aber da wurde meine Aufmerksamkeit schon auf Lou gezogen. Er trat aus der Menge der Zuschauer zwischen den Sicherheitsgardisten hervor und schlenderte auf das Podium mit dem Vorsitzenden zu. Dabei ging er dicht hinter den Stühlen einer unendlich wirkenden Reihe von geladenen Staatsgästen vorbei und berührte zunächst fast beiläufig den einen oder anderen zwischen den Schultern. Doch ziemlich schnell schien er Gefallen daran zu finden, denn je näher er dem neuen Staatsoberhaupt kam, umso emsiger wurden seine Bewegungen auf den Rücken der Zuschauer. Nummer Eins tänzelte hin und her, und bald sah es aus, als trommelte er mit beiden Händen auf die Klanghölzer eines überdimensionalen Xylophons aus Menschenrücken. Lous Gesicht glich jetzt dem eines Jazzmusikers, der sich in Trance spielte. Kennen Sie das? Fast geschlossene Augen, leise lächelnd, den Kopf im Rhythmus zu den eigenen Bewegungen hin und her wiegend. Lou hatte – wie man unter Musikern sagt – den Beat gefunden. Er bearbeitete die Rücken der Anwesenden, als wäre er der Solist eines unhörbaren Orchesters. Tänzelte, sprang in riesigen Sätzen zwischen den Reihen hin und her, dematerialisierte sich und tauchte im gleichen Moment einige Reihen weiter hinten oder vorne wieder auf, nur um seine Virtuosität auf einer anderen Oktave seines Instruments erneut unter Beweis zu stellen.

Was ich hier erlebte, war ein Perfektionist in seinem Element, ein Fisch im Wasser, wenn auch ein dunkler, ein Adler im Aufwind, ein Geier auf seinem Aas, eine Sardine in der Dose. Lou war ein absoluter Vollprofi, das musste einfach jeder zugeben, der ihm zusah. Über das Ergebnis konnte man sagen, was man wollte, alleine die Professionalität seiner Arbeit war unglaublich beeindruckend.

Schließlich ebbte die stumme Darbietung langsam ab – Lou hatte wohl so ziemlich alle Rücken bearbeitet –, und ich machte mich auf den Weg zu ihm. Josh würde eine Weile zu tun haben, die Herzen der von Lou bearbeiteten Anwesenden zu berühren, und ich hatte so langsam meine Zweifel, dass diese Bemühungen viel Erfolg hatten. Aber es war nun einmal Joshs Aufgabe, und nur darum ging es.

Inzwischen hatte Lou das Podest erklommen, auf dem die Amtsübergabe in ihren letzten Zuckungen lag. Ich näherte mich ihm von hinten, und ich glaube, er stand noch so unter dem Nachhall seiner Darbietung, dass er mich wirklich erst bemerkte, als ich ihm auf die Schulter klopfte.

«Lust auf ein Bier?», fragte ich.

Lou, der gerade dabei war, seine Krallen auf den Rücken des neuen Staatschefs zu legen, fuhr herum. Seine schwarzen Augen wechselten in Sekundenbruchteilen ins Gelbe und verengten sich zu Schlitzen.

«Du?», fauchte er.

«Genau, ich!», nickte ich. «Ich wollte dich einladen. Dachte mir, das könnte dir Spaß machen, mal so von Kollege zu Kollege.»

«Ich habe keine Kollegen. Ich arbeite alleine.»

«Ich weiß», sagte ich und sah zu den versammelten Staatsgästen hinüber. Josh war inzwischen dabei zu retten, was zu retten war. Er schwebte von einem zum anderen und legte seine Hand auf die Herzen. Er musste bemerkt haben, dass wir ihn beobachteten, denn er warf mir einen aufmunternden Blick zu, während er die Hand auf der Brust eines ziemlich übergewichtigen, alten Herren legte, der offenbar durch die Last seiner Orden nur noch mit Mühe atmen konnte. Josh zog die Brauen nach oben und zuckte mit den Schultern.

«Was soll der Unsinn mit dem Bier?», fragte Lou. «Du kannst genauso wenig etwas trinken wie ich.»

«Wir haben da so eine Methode entwickelt…», sagte ich. Ich wollte ihn ein wenig im Ungewissen lassen. Etwas Anreiz musste schon sein.

«Was denn für eine Methode?»

«Komm heute ins Devil's Corner, dann zeige ich sie dir.»

«Du spinnst.» Lou spuckte die Worte förmlich aus, aber ich spürte mit Genugtuung, dass ein leichter Zweifel in seiner Stimme mitschwang.

«Halb drei heute Nacht. Bis dann», sagte ich halb über meine Schulter nach hinten, ehe ich nach New York verschwand.

Göttertrank

Um auf Nummer sicher zu gehen, hatte ich mich schon um halb zwei an der Bar von Devil's Corner niedergelassen. Diese als Trattoria getarnte Kriminellenkneipe war wirklich ein Ort, der wie für Lou geschaffen zu sein schien. Ein paar in die holzvertäfelte Decke eingelassene Strahler erzeugten mit ihrem trüben Licht kleine gelbe Inseln auf dem Teppich, dessen Farbe – zumindest ohne Tageslicht – unmöglich zu bestimmen war. Es gab drei Räume, die ineinander übergingen. Wer von der Straße kam, so wie die meisten normalen Besucher, landete in Devil's Pizzeria & Trattoria, einem in römischem Ambiente gehaltenem Raum, der mit seinen etwa zwanzig runden Tischen einen überraschend ordentlichen Eindruck machte.

Für normale Gäste, worunter man in Devil's Corner praktisch jeden Besucher verstand, der nicht zur Mafia oder zu bestimmten Kreisen der New Yorker Lokalpolitik gehörte, war der zweite Raum etwa so zugänglich wie der Ballsaal der Titanic in heutigen Tagen. Ohne Passwort oder das entsprechende Gesicht scheiterte man bereits am Türsteher.

In diesem zweiten Raum befand sich die besagte Bar – an deren Tresen ich gerade saß –, sowie einige weitere runde Tische, eine Jukebox, zwei Billardtische und zwei Scheiben für Wurfpfeile. Den dritten Raum hatte ich noch nicht inspiziert, weil es mir eigentlich ziemlich egal war, was die Menschen dort trieben. Ich war nur wegen Lou gekommen, und für den wurde es jetzt auch langsam Zeit.

Die Uhr mit der Whiskeywerbung an der Wand hinter den Billardtischen zeigte bereits viertel nach zwei. Die Jukebox schien ohne Münzeinwurf zu funktionieren, denn seit ich hier wartete, spielte ununterbrochen Musik, ohne dass jemals jemand Geld eingeworfen hätte. Abgesehen vom Barkeeper, der sich in meditativer Hingabe mit dem Polieren aller möglichen Gegenstände seines Arbeitsbereichs beschäftigte, war niemand anwesend. Kein Wunder, mittwochs um diese Zeit. Mir war völlig schleierhaft, wie es sich lohnen konnte, eine Bar die ganze Nacht geöffnet zu halten. In New York gab es eine Menge Dinge, die mir immer ein Rätsel bleiben würden.

Ich begann mich gerade zu fragen, ob Lou anbeißen würde, als ich durch einen Knall aus meinen Überlegungen gerissen wurde. Mein Kopf fuhr in Richtung der Billardtische herum. Keine Frage, Lou war angekommen, auch wenn ich ihn nicht gleich sehen konnte.

«Du trinkst also wirklich?» Seine Stimme war direkt hinter mir, und obwohl Engel eigentlich nicht erschrecken können, zuckte ich ein wenig zusammen.

«Habe ich doch gesagt, oder?», antwortete ich und bedeutete ihm mit einer Geste, auf dem Barhocker neben mir Platz zu nehmen.

Wir Engel – und Lou ist da nicht anders – können natürlich gar nicht trinken. Zu sagen, dass man einen trinken geht, war nur so ein Gerede, wenn man auf der Erde zusammen einen drauf machen wollte. Man setzte sich irgendwo an einen schönen Ort und tat so, als gehörte man zu den Menschen, obwohl einen niemand sah, was es natürlich auch unmöglich machte, wirklich etwas zu bestellen.

«Natürlich trinke ich. Meinst du vielleicht, ich bin weltfremd oder so?», sagte ich.

Lou musterte mich mit unverhohlenem Misstrauen über die ganze Situation, und seine Augen suchten unruhig im Raum herum. Etwas Lauerndes lag auf seinem Gesicht.

«Ich dachte immer, die Jungs auf eurer Seite… Naja, Moral und Anstand und das alles.»

Lou fuhr fort, den Raum zu inspizieren, während er mit mir sprach.

«Brauchst keine Angst zu haben, Lou», beruhigte ich ihn. «Hier sind nur wir zwei. Keine Falle oder so.»

Lou musterte mich eine Weile, wobei sich seine Miene aufgrund meines arglosen Ausdrucks langsam entspannte. Dann ließ er seinen Blick zu dem Barkeeper hinüberschweifen, der gerade mit einer kleinen Zange etwas an der Zapfanlage reparierte.

Ich winkte dem Mann zu und bestellte zwei große Pils.

«Der hört dich nicht», sagte Lou.

«Was du nicht sagst», entgegnete ich in bewusst heiterem Tonfall.

«Wie willst du ein Bier bestellen, wenn dich keiner hört? Und selbst wenn, wie willst du es trinken, wenn du es nicht mal anfassen kannst. Und schmecken tust du auch nichts.»

«Lou, du hast uns allen bestimmt eine Menge voraus», sagte ich, während ich ihm sein Bier zuschob und mein Glas in die Hand nahm. «Aber eines hast du nicht: Fantasie.»

Ich prostete ihm zu und nahm einen kräftigen Schluck. Es war herrlich, das Bier über die Zunge fließen zu spüren, das kühle Kribbeln, als es die Kehle hinunterrann. Ich trank nicht besonders oft, vielleicht einmal die Woche, aber wenn, dann immer mit großem Genuss.

Lou starrte mich an, als säße der Wahnsinn persönlich neben ihm, was mich sehr freute, denn endlich hatte ich etwas gefunden, das ihn aus der Fassung brachte.

«Du spinnst», stellte Lou fest. «Bist komplett von der Rolle.»

«Nur weil du etwas nicht sehen kannst, muss es doch nicht unmöglich sein», konterte ich. «Ich konnte dich auch lange nicht sehen – und jetzt…»

Lou starrte vor sich, auf die Stelle am Tresen, an die ich sein Glas geschoben hatte. Dann beobachtete er mich dabei, wie ich mir mit dem Handrücken den Schaum von den Lippen wischte.

«Seid ihr Jungs alle so durchgeknallt?»

«Kommt darauf an, was du meinst. Auf jeden Fall haben wir eine Menge Spaß miteinander. So ganz alleine zu arbeiten, das wäre nichts für uns.»

Das war mein zweiter gezielter Nadelstich in den großen Lou-Ballon. Ich merkte, dass es zu wirken begann, denn statt überheblicher Selbstsicherheit hatten sich Spuren von Zweifel in Lous Miene geschlichen. Er bewegte langsam eine Hand zu seinem Glas. Dabei bemerkte ich, dass seine Finger tatsächlich ziemlich klauenartig waren, arthritisch gekrümmt, dunkel behaart, mit faltiger, ledriger Haut und dicken, braungelben Nägeln, die spitz ausliefen. Insgesamt eindeutig eher Krallen als Hände. Lous jahrtausendelange Arbeit an den Rücken der Menschen hatte ganz offensichtlich ihren Tribut gefordert, wenn ich mir auch nicht so recht vorstellen konnte, wie es dazu gekommen war.

Er öffnete seine Finger und schloss sie langsam um das Bierglas.

«Drück es nur nicht zu fest», sagte ich. «Pilsgläser sind dünn. Wäre schade um das Bier.»

Lous Hand zuckte ein wenig zurück, und er musterte mich wie einen Außerirdischen, obwohl selbst das für uns Engel nicht sehr ungewöhnlich wäre. Auf jeden Fall war er ziemlich irritiert.

Ich hielt ihm mein Glas entgehen.

«Skoll», prostete ich und weil ich wusste, dass er keine Ahnung hatte, wovon ich sprach, fügte ich hinzu: «Genieße es, Nummer Eins! Das erste Bier ist immer das schönste von allen.»

Lou beobachtete mich noch einmal beim Trinken, dann hob er seine Hand mit dem Glas an die Lippen und nahm einen kräftigen Zug. Es klappte so gut, dass er sich verschluckte und ich ihm auf den Rücken klopfen musste.

«Jetzt sag bloß noch mal, dass wir spinnen, wir Engel.»

«Ihr habt doch alle einen Wahnsinnsknall», prustete Lou zwischen zwei Hustenanfällen. «Ihr habt so einen an der Waffel, dass es fast schon wieder gut ist.»

«Sag dazu, wie du willst. Wir nennen es gemeinsame Freizeit, und die ist schön. Könntest du auch haben, wenn du magst.»

«Du willst mich verführen», sagte Lou und sah mich dabei argwöhnisch an.

«Ich soll dich verführen? Mach dich nicht lächerlich. So was ist dein Job, nicht meiner. Könnte ich es jemals mit dem Meister aufnehmen?»

«Du hast Recht, könntest du nicht», sagte Lou und kippte den letzten Schluck aus seinem Glas hinunter.

Ich bestellte noch zwei Pils und dann noch zwei. So ging es eine ganze Weile, und ich merkte, dass Lou großen Gefallen am Bier gefunden hatte. Er becherte ein Glas um das andere in sich hinein. Nach einer Weile hatte jeder von uns so um die zwölf Pils intus, und Lou, der das nicht gewöhnt war, hing ziemlich geschafft auf seinem Barhocker. Er musste sich mit einem Arm auf die Theke stützen, mit der anderen Hand hielt er sich an meinem Arm fest, sonst wäre er mit Sicherheit vom Stuhl gerutscht.

«Irgendwie ist mir seltsam», lallte er.

«Das nennt man Rausch. Warte erst mal, was morgen noch kommt. Das wirst du bei der Arbeit erst richtig spüren.»

«Ach, Arbeit, immer nur Arbeit», sagte Lou und nahm noch einen Schluck.

Ich spürte, dass der richtige Zeitpunkt gekommen war.

«Lou, sag mal, stimmt es, dass du einen Geheimauftrag vom Chef hast?»

«Ich sage nix», sagte Lou.

«Ich erzähle es auch nicht weiter. Engelehrenwort.»

«Ich sage gar nix», wiederholte Lou monoton.

«Okay, du brauchst nur zu nicken.»

Lou saß da wie eingefroren, hielt sich an seinem Glas fest, als könnte bei der kleinsten Bewegung ein Fallbeil auf ihn herabsausen. Er starrte auf das beleuchtete Flaschenregal hinter dem Tresen.

«Also, hast du?», bohrte ich und kam mir dabei schon ein wenig wie ein Folterknecht vor. Gar nicht engelhaft. Dean Martins Stimme trällerte im Hintergrund die Erkenntnis, dass jeder auf die eine oder andere Art jemanden liebte.

Und plötzlich war es da. Ein unaufmerksamer Beobachter hätte es nicht bemerkt, aber ich sah es. Für den Bruchteil einer Sekunde zuckte Lous Kinn einen Millimeter nach oben und dann wieder nach unten. Er hatte tatsächlich genickt.

«Triffst du ihn noch oft?» Ich musste das Eis schmieden, solange es zu brechen begann. Oder so ähnlich. Ich hatte gerade Wichtigeres im Kopf als Sprichwörter.

«Wen?», erkundigte sich Lou. Er stieß laut auf und klopfte sich gegen die Brust.

«Den Chef.»

«Ich kenne keinen Chef. Ich bin selbstständig. Schon immer.» Etwas Trotziges lag in seiner Stimme.

Eine Art Geistesblitz durchfuhr mich. «Aber nur mal angenommen, du wärest nicht selbstständig und hättest einen Chef. Einen theoretischen Chef.»

«Dann hätte ich ihn theoretisch nie mehr gesehen. Weil ich jetzt selbständig bin.» Lou versuchte, möglichst unbeteiligt zu klingen.

Es wirkte! Ich fühlte mich genial, obwohl wir Engel nur noch über marginale Reste an Ego verfügen, die sich eigentlich überhaupt nicht genial fühlen können. Unser Ego reicht gerade eben so, um unseren Job zu machen und die Menschen ein wenig zu verstehen. Manche von uns verspüren auch einen Hauch von Ehrgeiz bei ihrer Arbeit, das war es aber auch schon. Trotzdem empfand ich mich gerade irgendwie als vom Chef begnadet. Vielleicht lag es an den zwölf Bieren.

«Du hast ihn also seit dem Auftrag nicht mehr gesprochen, hmm?»

«Ich sage nix», wiederholte Lou, aber inzwischen schwang eine Spur von Unsicherheit in seiner Stimme mit. Es war ein kritischer Moment, ich durfte ihn nicht zu sehr in die Enge treiben.

«Weißt du, der Chef macht uns ganz schön Stress, seit den letzten paar Tausend Jahren.» Ich schlug einen beiläufigen Tonfall an.

«Das geht mich nix an.»

«Ich glaube, er wusste damals nicht so recht, welche Folgen sein Auftrag an dich haben würde. Das mit den Menschen war ja ein Experiment und niemand hatte Erfahrung damit.»

Lou hatte begonnen auf seinem Barhocker hin und her zu rutschen, was ich eindeutig als Zeichen von Nervosität deutete.

«Er ist seitdem ziemlich mies drauf. Immer noch die pure Liebe und das reine Licht, klar, aber wenn die pure Liebe schlecht drauf sein kann, dann ist er es.»

Lou wirkte langsam eine Spur interessierter. Er legte den Kopf zu Seite und betrachtete sich in dem Spiegel, der die Rückwand des Flaschenregals bildete.

«Euer schlechtes Betriebsklima ist euer Problem. Deshalb arbeite ich lieber alleine.»

«So schlecht ist es gar nicht. Wir verstehen uns gut, machen Musik zusammen, singen, tanzen, lachen… Wir haben eben nur viel zu tun. Aber über eine gute Auftragslage beschwert sich ja niemand.»

«Na also, was meckerst du dann hier herum?»

«Ich meckere ja gar nicht. Ich sage nur, dass sich die Lage verändert hat, seit du gegangen bist. Heute würde der Chef den Auftrag an dich sofort zurücknehmen.»

«Ich habe keinen Auftrag.»

«Den theoretischen Auftrag.»

«Dann sollte er es dem theoretischen Auftragsempfänger selbst sagen.»

«Wenn er es aber nicht zugeben wollte? Wenn er ein wenig – na, sagen wir – starrsinnig wäre? Theoretisch gesprochen.»

Lou zuckte mit den Schultern. «Das hätte er ein theoretisches Problem. Und ihr auch.»

«Genau deshalb bin ich hier, mein Freund.»

Bei meinen letzten Worten zuckte Lou zusammen, als hätte ich ihn mit einem Hammer auf die Schulter geschlagen.

«Sag mal, hast du eigentlich Freunde?», bohrte ich in der Kerbe weiter, die ich gerade geschnitzt hatte.

Lou drehte sich zur Seite, und zum ersten Mal, seit wir uns unterhielten, sah er mich an. In seinen dunkel unterschminkten Augen spiegelte sich eine Traurigkeit, wie ich sie noch nie gesehen hatte, und ich habe einiges an Traurigkeit miterlebt.

«Was?», fragte er tonlos, obwohl ich sicher war, dass er mich verstanden hatte.

«Naja, Kumpels. Kameraden. Gefährten. Jemand, dem du vertraust und mit dem du dich austauschst.»

Lou starrte mich lange mit glasigem Blick an, und ich war mir fast sicher, dass seine Augen feuchter waren als zu Beginn unseres Gesprächs.

«Ich arbeite alleine», sagte er schwach. «Schon immer.»

Frank Sinatra aus der Stereoanlage schmetterte *My Way* und erklärte gerade, dass er in seinem Leben nichts bereute, und endlich geschah es: Lou bekam den Blues. Wenn jemand den Blues bekommt, hilft nur ein guter Freund, der die Dinge wieder ein wenig ins rechte Licht rückt. Und der war ich.

«Ich habe es so satt», jammerte Lou.

«Kann ich verstehen», sagte ich.

«Mir reicht's wirklich. Du kannst meinen Job haben. Ich gehe zum Chef und schmeiße ihm den Kram vor die Füße.»

«Eine gute Idee», sagte ich.

«Es macht keinen Spaß mehr, hat es noch nie. Ein richtiger Mistjob. Egal, wo ich auftauche – jeder wünscht mich nur zur Hölle.» Er sah mich aus rot geränderten Augen an. «Weißt du, wie das ist, wenn dich die Menschen dauernd nur zur Hölle wünschen?»

Ich legte ihm eine Hand auf die Schulter, nickte verständnisvoll, aber in Wahrheit hatte ich keine Ahnung, wie es war, zur Hölle gewünscht zu werden.

«Komm, lass uns zum Chef gehen und die Sache in Ordnung bringen», sagte ich.

Lou rutschte vom Hocker, und ich stützte ihn. Ich dachte schon, ich hätte gewonnen, da durchzuckte Lou eine Erkenntnis wie ein himmlischer Blitz.

«Das ist eine Falle!», rief er.

«Lou, was denkst du von mir? Ich bin dein Freund.»

«Ich habe keine Freunde», zischte Lou. «Nie gehabt.»

«Aber jetzt hast du mich», versuchte ich ihn zu beschwichtigen.

Sein bis eben noch bierbetäubter Körper straffte sich, und er schüttelte meinen Arm von sich ab.

«Lass mich sofort los!»

Er wischte mit einer großen Bewegung über den Tresen, wo unsere zwei Dutzend leeren Biergläser standen. Schade darum.

«So ein Quatsch», schnarrte er. «Ich bin weder betrunken, noch bin ich blöd. Ihr wickelt mich nicht ein. Nicht die Nummer Eins. Niemals!»

«Aber Lou…», sagte ich schwach.

Er kam mit seinem Gesicht ganz nahe an meines heran.

«Ich habe dich durchschaut, euch alle und euren Plan. Aber so läuft das nicht!»

«Lou, vergiss den Plan und lass uns einfach noch ein Bier trinken, in Ordnung?»

Seine Katzenaugen funkelten mich an, als könnte er mich mit seinem Blick zu Asche verwandeln.

«Einfach nur wie Kumpels», setzte ich hinzu.

Noch immer sprühte die blanke Wut aus ihm hervor, aber dazwischen spürte ich einen winzigen Schimmer von etwas anderem, das ich nicht definieren konnte.

«Vielleicht nächste Woche», sagte Lou, schnippte mit den Fingern – und weg war er.

Ich saß alleine an der Bar, starrte in den Spiegel gegenüber und fühlte mich auf einmal so leer, wie nie zuvor in meinem Dasein.

Unser schöner Plan…

Der Auftrag

Manchmal verdichten sich die Ereignisse im Leben, wie von göttlicher Hand geführt. Kennen Sie das? Lange geschieht zu einem Thema gar nichts, und auf einmal überschlägt sich alles, so dass man nur noch kopfschüttelnd zusehen kann, wie man am besten durchkommt.

Am Donnerstag, nach meinem nächtlichen Treffen mit Lou, hatte der Chef alle Doppelnullen zu einer außerplanmäßigen Besprechung geladen.

Ein schlauer Mensch hat einst herausgefunden, dass Gott nicht würfelt (Sie erinnern sich…?), womit er wohl ausdrücken wollte, dass nichts in der Schöpfung des Chefs wirklich zufällig geschieht, auch keine Sonderbesprechungen. Entsprechend angespannt waren wir alle, als wir beim Chef saßen.

«Und wie läuft es so da unten?», erkundigte der Chef. Wie Katzen vor einem Mauseloch lauerte jeder von uns auf die winzigsten Regungen in seinem Ausdruck.

«Prima, Chef», antwortete Josh knapp.

Der Chef nickte. Ich hatte das Gefühl als läge ein winziger Anflug von Lächeln auf seinem Gesicht, als er uns der Reihe nach musterte.

«Bei dir auch, Henry?»

Wenn es eine Art Schwachstelle in unserem Team gab, dann war es Henry. Keiner wurde so schnell unsicher, und der Chef wusste das.

Henry öffnete sie Hände und hob sie bis auf Schulterhöhe. «Viel Arbeit, aber das ist ja nichts Neues.»

Der Chef sah Henry lange an und nickte schließlich wieder ganz leicht.

«Ich habe euch gerufen, weil ich eine Entscheidung getroffen habe, die eure Arbeit betrifft.»

Könnten Engel erbleichen, wären wir alle gleichzeitig kalkweiß geworden. So aber flackerten nur unsere Lichter heftig und der Schreck stand jedem ins Gesicht geschrieben.

«Eine Entscheidung?», krächzte Josh.

«Über unsere Arbeit?», ächzte Linguini.

«Ich werde eine größere Korrektur durchführen», sagte der Chef.

«Jetzt schon?», riefen wir alle im Chor.

«Bald», sagte der Chef. Er sah entspannt aus. Zu entspannt, dachte ich, für eine Entscheidung von der Größenordnung, wie wir sie wohl gleich zu hören bekommen würden.

«Wann?», erkundigte sich Mike, stellvertretend für uns alle.

«Will denn keiner von euch wissen, worum es geht?», fragte der Chef.

Doch, natürlich, ganz klar, beteuerten wir alle durcheinander.

«Ich will mit Nummer Eins sprechen», sagte der Chef und uns allen klappten die Kinnladen runter.

«Ihr wisst, wer das ist?», fragte der Chef, noch immer mit dieser Spur eines Lächelns. Zum Glück wirkten wir gerade wirklich überrascht, wenn auch nicht wegen der Unwissenheit über Lous Existenz. Offiziell war Nummer Eins ja noch immer ein Gerücht.

«Nullnulleins war einst einer von euch», erklärte der Chef. «Er war der Fähigste aller Engel und lange Zeit meine rechte Hand. Ich weihte ihn in viele Geheimnisse ein und gab ihm eine Reihe besonderer Fähigkeiten.»

«Schnipp», entfuhr es Linguini, der sich sofort auf die Lippen biss. Vielleicht hatte es der Chef nicht gehört, oder er ging absichtlich nicht darauf ein. Auf jeden Fall fuhr er ungerührt fort.

«Es gab viel zu tun, zu Beginn der Schöpfung. Ich schuf ein System, so komplex, wie es sich kein Wesen jemals vorstellen, geschweige denn verstehen kann. Ein schöpferisches System, das sich von selbst verändert, wächst, kreativ ist und immer wieder Neues wagt und hervorbringt. Eine Welt, in der die Freiheit des Willens und die Vielfalt des Erlebens ein wunderbares Spiel spielen können. Ein System, in dem jeder alle Ausprägungen der göttlichen Liebe erfahren kann, wenn er es möchte.

Natürlich konnte ich das alleine hervorbringen, aber es war hilfreich, einen Assistenten zu haben, und so schuf ich Lou. Ich machte ihn zu meiner Nummer Eins, und lange Zeit war er mir eine große Unterstützung. Je mehr er seine Fähigkeiten unter Beweis stellte, umso mehr davon gab ich ihm. Irgendwann war es unvermeidlich, dass er um den völlig freien Willen bat und ihn auch bekam, das größte Stück an schöpferischer Kraft im Universum. In diesem Augenblick geschah etwas Unvorhersehbares: Nummer Eins fühlte sich nicht mehr als ein Teil von mir, dafür glaubte er fortan, ich zu sein.»

«Zwei Chefs?», entfuhr es Albert.

Der Chef war so sehr in seine Erinnerungen versunken, dass er den Einwurf nicht wahrnahm.

«Und weil er keine Verbindung mehr zu mir spürte, begann er sich seine eigenen Gedanken zu machen», fuhr er fort.

«Kreativität ist eine Folge des freien Willens, und so erprobte Nummer Eins sich an der inzwischen fast fertigen Schöpfung. Weil alles nahezu perfekt war, gab es nicht mehr viel zu tun. Aber Nummer Eins wollte seine Fähigkeiten und seine Freiheit ausprobieren, und so begann er das Bestehende zu verändern.»

«Er hat an der Schöpfung rumgemurkst», stellte Mike fest.

Dieses Mal nahm der Chef die Bemerkung auf.

«Nicht an der Schöpfung im Allgemeinen. Er hat sich die Menschen ausgesucht, mein interessantestes Experiment. Und dadurch, dass er sie manipulierte, manipulierten die Menschen die Schöpfung. Sie begannen, die Welt, die ich für sie erschaffen hatte, systematisch zu zerstören.»

«Konntest du nicht eingreifen?», fragte ich.

Der Chef machte eine Geste in unsere Richtung. «Das habe ich getan, indem ich euch schuf, die Boten der Liebe. Ihr solltet den Menschen zurückgeben, was Nummer Eins ihnen genommen hatte.»

«Hättest du Lou nicht einfach seine Macht wieder wegnehmen können?», wollte Gabriel wissen.

Der Chef lächelte, vielleicht darüber, dass Gabriel Lou beim Namen genannt hatte, obwohl er das offiziell nicht wissen konnte.

«Du verstehst nicht – er ist ein Teil von mir. Ein Teil des göttlichen Prinzips.»

«Aber hat er denn nun einen Auftrag oder hat er keinen?»

Josh stellte die Frage, die uns alle bewegte. Der Chef nickte.

«Er hatte den Auftrag, mir bei der Schöpfung zu helfen, aber er hat diesen Auftrag für sich so ausgelegt, wie es niemals mein Plan war.»

«Kannst du ihn nicht einfach, äh...» Linguini wackelte ein wenig mit dem Kopf, was für ihn typisch war, wenn er nachdachte. «...wegmachen? Du hast ihn doch auch gemacht, oder?»

«Selbstverständlich kann ich das», sagte der Chef. «Aber das würde bedeuten, dass ich die Welt, wie sie derzeit ist, beseitigen muss, denn Nummer Eins ist inzwischen allgegenwärtig. Fast jeder hat etwas von ihm in sich.»

Betretenes Schweigen zog sich wie eine Glocke über unsere kleine Geheimversammlung.

«Und was nun?», fragte Albert schließlich.

«Ich will ihn sprechen», sagte der Chef.

«Kannst du ihn nicht einfach zu dir rufen?»

«Das habe ich schon oft getan, aber er will mich nicht mehr hören. Er lebt in Trennung.»

«Und wenn er nicht kommen will?»

Der Chef schüttelte den Kopf. «So wie es jetzt läuft, ergibt es keinen Sinn mehr.»

Aha, da hatten wir es! Das war die Bestätigung!

«Wie viel Zeit haben wir dafür?», erkundigte ich mich.

«Nicht mehr viel», sagte der Chef.

Mehr brauchte er uns angesichts der aktuellen Katastrophen auf der Erde nicht zu erzählen. Wir machten uns auf den Weg zurück.

Der neue Plan

Zeit ist relativ, und eine Woche kann eine relativ lange Zeit sein, wenn man auf etwas wartet. Wir warteten auf Lou.

«Und wann genau trefft ihr euch wieder?», wollte Josh zum dritten Mal wissen.

«Ich sagte doch, keine Ahnung», erwiderte ich. «Vielleicht nächste Woche, falls er überhaupt will.»

«Wir könnten über ihn herfallen, wenn er kommt. Jeder schnappt sich von ihm, was er kriegen kann, und ehe er weiß, wie ihm geschieht, haben wir ihn beim Chef.» Albert nickte Zustimmung heischend in die Runde.

«Und wenn er sich wieder wegschnippt, so wie in der Kirche?», warf Mike ein.

«Wir müssten als erstes seine Finger festhalten, dann kann er nicht mehr schnippen», überlegte Henry.

«Klingt gar nicht so dumm, finde ich», sagte Linguini.

«Und wie stellt ihr euch das vor?», fragte ich. «Wollt ihr euch vielleicht aus heiterem Himmel auf ihn fallen lassen?»

«Warum nicht?», überlegte Rafael. «Zwei von uns könnten sich in der Deckenverkleidung verstecken, direkt über der Bar.»

«Und ich mache mich ganz klein und warte unter dem Tresen», schlug Josh vor.

«Ich verstecke mich im Billardtisch», sagte Albert.

«Und ich hinter den Vorhängen», meinte Linguini.

«Vorhänge geht nicht, da strahlst du durch. Das sieht doch ein Blinder», gab Henry zu bedenken.

«Dann eben in der Musikbox. Dass die leuchtet, ist normal.»

«Bitte sehr, wenn du das aushältst.»

«Und wenn es so weit ist, gibt uns Chris ein Zeichen, und wir stürzen uns alle gleichzeitig auf Lou.»

Eigentlich kein schlechter Plan, den die Jungs da entwickelt hatten, nur irgendetwas störte mich. Nennen Sie es Instinkt oder Intuition. Ich konnte es nicht genau festmachen, aber ich spürte einen Haken an der Sache.

«Wenn das nicht hinhaut, dann haben wir es gehabt», sagte ich deshalb nur vage.

Die Jungs sahen mich fragend an. Ich machte eine etwas hilflose Geste.

«Ich weiß nicht, Leute, da stimmt etwas nicht. Was ist, wenn er wieder entwischt? Dann habe ich sein Vertrauen für immer verspielt.»

«Vertrauen?», sagte Mike. «Nummer Eins war sturzbetrunken und hat trotzdem gespannt, was du vorhattest. Der vertraut dir nie. Auf jeden Fall nicht so sehr, dass er dich zum Chef begleitet.»

Die Jungs hatten Recht, unser Plan war gut und vor allem war es der einzige, den wir hatten. Ab kommenden Dienstag würden wir jede Nacht in Devils's Corner auf Lou warten.

Der Überfall

Es war Mittwoch. Endlich. Seit ich Lou in der Kneipe getroffen hatte, war eine Woche vergangen, und wenn er einhielt, was er bei seinem Abschied gesagt hatte, würde er heute Nacht hier auftauchen. Es war jetzt kurz nach Mitternacht, und die Jungs hatten sich, unserem Plan entsprechend, bereits vor zwei Stunden auf ihren Positionen versteckt. Wir hatten vereinbart, dass sie auf meinen Satz *‹Dann ist wohl nichts zu machen›* über Lou herfallen sollten. Da sie ihn nicht sehen konnten, würde ich eine Hand auf seine Schulter legen und damit seine Position verraten.

Es lief gerade zum fünften Mal *Que sera*, und Linguini in der Musikbox begann mir gerade richtig Leid zu tun, als Lou endlich erschien. Ich hatte seinen Knall gar nicht gehört und vermutete deshalb, dass er sich in einem anderen Raum materialisiert hatte. Vielleicht hatte er zuvor die Umgebung nach den Jungs abgesucht.

Auf jeden Fall schwebte er wie ein gewöhnlicher Gast zur Tür herein, blieb stehen und sah sich um. Ohne mich, der ich an der Bar saß, auch nur anzusehen, inspizierte er den Raum. Und er schnupperte. Ich dachte erst, ich hätte mich geirrt, aber seine Nase zuckte, als versuchte er eine Falle zu erriechen. Ich konnte nur hoffen, dass sein Geruchssinn ähnlich schlecht ausgeprägt war wie unserer.

Nach einer Weile wirkte er zwar nicht zufrieden, schien aber beruhigt zu sein, auch wenn sein Gesicht angespannt blieb. Ich winkte ihn zu mir.

«Toll, dass du gekommen bist, Nummer Eins», begrüßte ich ihn.

Er nickte nur, sah sich noch einmal im Raum um und ließ sich schließlich auf dem Hocker links neben mir nieder. Ungünstig, denn Rafael und Mike hatten sich in der Deckenverkleidung über dem rechten Hocker versteckt. Hoffentlich bemerkte Lou nicht, wenn sie langsam nach links rutschten.

«Kennst du Starkbier?», erkundigte ich mich.

Starkbier war eine Spezialität, die man nicht überall bekam, und ich hatte sie gut ausgewählt, denn es ging darum, Lou weich zu machen.

Lou schüttelte den Kopf, während er sich ein wenig nach vorne über den Tresen beugte, um den Raum dahinter zu inspizieren. Er war schon ein verdammt misstrauischer Hund. Ich bestellte zwei Gläser Starkbier und schob ihm eines davon zu.

«Kommt aus Schottland», erklärte ich.

«Aha», machte Lou. Ich sah ihm an, dass er ein wenig Mühe hatte, das Bier zu erkennen.

«Deshalb ist es auch so dunkel und wird in diesen Gläsern mit Griff ausgeschenkt», half ich ihm. «Und der feine cremige Schaum ist eine ganz besondere Spezialität.»

Ich nahm mein Glas und genehmigte mir einen kräftigen Schluck. Lou beobachtete mich und tat es mir gleich. Endlich entspannte sich seine Miene ein wenig.

«Gut, oder?», erkundigte ich mich.

«Nicht schlecht», stimmte er zu.

«Wie war dein Wochenende?»

«Viel Arbeit.»

«Verstehe.»

Es folgte eine längere Pause.

«Üblicherweise fragt man seinen Kumpel jetzt zurück, wie dessen Wochenende war», erklärte ich.

Lou sah mich mit seinen schwarzen Augen an. «Ach so. Und wie war dein Wochenende?»

«Nicht so gut», gab ich zurück. «Wir hatten Sonderbesprechung beim Chef. Er will dich sehen, und wenn du nicht zu ihm kommst, lässt er die Welt wahrscheinlich hops gehen. Eigentlich hat er sogar schon damit angefangen.»

«Das ist mir alles völlig schnurz», sagte Lou.

«Aber das ist unlogisch. Du machst dir deinen eigenen Arbeitsplatz kaputt, wenn du nicht mit dem Chef sprichst.»

«Ich bin mein eigener Herr», sagte Lou. «Ich tue, was ich will.»

Ich seufzte und leerte mein Glas.

«Willst du nicht mal selbst nachbestellen?», schlug ich vor.

Er sah mich an, als hätte ich ihn gerade aufgefordert, ein Dutzend Vaterunser zu beten.

«Ist ganz einfach», sagte ich. «Hast ja gesehen, wie es geht.»

Er bestellte, und als das Bier tatsächlich kam, sah ich zum ersten Mal so etwas wie unverhohlene Verblüffung auf seinem Gesicht. Nachdem wir eine Weile unverbindliche Dinge ausgetauscht hatten, nahm ich einen neuen Anlauf.

«Ich möchte ja nicht indiskret sein, aber warum machst du das eigentlich alles? Ich meine, die Jungs und ich wissen, dass wir es für den Chef machen, aber du…?»

«Ohne Dunkelheit kein Licht», orakelte Lou und kippte sich einen Schluck aus seinem imaginären Henkelglas hinter die Binde.

«Hä?», machte ich nur.

«Woher weißt du, dass du ein Engel bist?»

Ich zog die Augenbrauen hoch und dachte nach. Was für eine seltsame Frage.

«Ich weiß es einfach», sagte ich schließlich. «Die Flügel, wie ich angezogen bin, Herumschweben und das alles. Ein Engel eben.»

«Aber wie kannst du es wirklich wissen?»

Lou kam mir, nach immerhin vier Gläsern Starkbier noch überraschend klar vor.

«Mal angenommen, du würdest in einer Welt leben, in der es nur Engel gibt. Woher wüsstest du, was du bist?», fragte Lou.

«Lou, du bist ein Philosoph», sagte ich, ohne die geringste Ahnung, worauf er hinaus wollte.

«Du wüsstest es nicht», fuhr Lou unbeeindruckt fort. «Nur weil es Menschen gibt, weißt du, dass du anders bist. Erst der Unterschied lässt dich erkennen, wer und was du bist. Ein Blinder unter Blinden hat keine Ahnung, dass er blind ist.»

Endlich, das verstand ich schon eher.

«Wenn es nur Liebe gäbe, wüsste niemand, was die Liebe ist. Wenn es nur Liebe gäbe, wäre alles stinklangweilig», erklärte Lou.

«Nanana», warf ich automatisch ein, kam mir aber gleichzeitig so blöde vor wie dieser Ausspruch.

Lou hörte gar nicht hin. «Nichts zu lernen», fuhr er fort. «Keine Spannung. Man könnte es auch gleich bleiben lassen, geboren zu werden.»

Mit Lou zu diskutieren zeigte einem zügig die Grenzen der eigenen Unwissenheit auf. Zum ersten Mal war ich froh, so wenig Ego zu besitzen, sonst hätte ich mir jetzt bestimmt eine ordentliche Ladung Minderwertigkeitskomplexe eingefangen.

«Die Liebe braucht nichts notwendiger als mich», behauptete Lou und ich glaubte, ein ganz klein wenig Stolz in seiner Stimme zu erkennen. «Sieh doch mal uns an.» Er deutete auf den Barspiegel.

Da saßen wir, zwei halb durchscheinende Flügelwesen, so unterschiedlich wie Tag und Nacht.

«Wir gehören zusammen», sagte Lou. «Wir sind die Kehrseiten derselben Medaille. Licht und Schatten, Liebe und Hass, Gut und Böse. Keines kann ohne das andere existieren. Erst gemeinsam repräsentieren wir die ganze, vollkommene Schöpfung.»

Er drehte sich zu mir. Ich hielt meinen Blick noch kurz auf den Spiegel gerichtet. Im Profil erkannte ich, dass Lou eine ziemliche Hakennase hatte, die fast wie ein kleiner Schnabel aussah. Das war mir bis dahin noch gar nicht aufgefallen.

«Ohne mich bist du nichts und umgekehrt», sagte er. «Verstehst du das?», fragte Lou.

Ich glotzte leer durch ihn hindurch. In meinem Kopf konnte kein klarer Gedanke mehr Fuß fassen, ich fühlte mich komplett hohl. Was Lou sagte, war so gravierend, dass mein Bild von der Welt schlagartig den Boden verlor. Gut und Böse – beides Gottes Schöpfung? Das war mir im Augenblick einfach zu kompliziert.

«Ach Lou, warum lässt du nicht einfach deinen ganzen Geheimkram sausen und kommst mit nach oben?», lallte ich, wahrscheinlich infolge meines sich anbahnenden Starkbierrausches.

«Weil ich eine Aufgabe habe!», zischte Lou mich an. «Ich bin wichtig! Wann kapierst du das endlich, verdammt noch mal?»

Sein Tonfall machte mich schlagartig nüchtern. Von einem Augenblick zum anderen war er der Leibhaftige persönlich geworden. Sein Gesicht hatte sich zu einer Fratze verzogen. Nadelscharfe bräunliche Zähne fletschten sich mir entgegen, aus seinen gelb gewordenen katzenartigen Augen sprühten Blitze aus purem Hass und aus allen Poren dünstete schwefelgelber Qualm. Zum ersten Mal, seit ich Lou kannte, verstand ich, warum die Menschen ihm all diese Namen gegeben hatten. Wenn ich Angst empfinden könnte, wäre es wirklich furchteinflößend gewesen, zum In-die-Hose-Machen. So aber starrte ich Lou nur entgeistert an. Nein, ich verstand wohl tatsächlich gar nichts.

«Ich denke überhaupt nicht daran, das alles aufzugeben!»

Seine Stimme überschlug sich fast. Er warf ein Bierglas durch den Raum. Es zerschellte am Billardtisch, und ich hoffte, dass Albert, der sich darin versteckte, ruhig blieb.

«Ich bin die Dunkelheit!» kreischte Lou. «Das geballte Elend dieser Welt. Ich habe es zu etwas gebracht! Man kennt mich, man fürchtet mich, hier werde ich gebraucht. Ich bin der wahre Schöpfer. Ohne mich wäre die Welt nichts! Keine Kriege, keine Verbrechen, kein Neid, keine Angst, kein Hass. Was meist du, wie lange ich daran gearbeitet habe, damit alles so wird, wie es ist? Ich bin doch nicht verrückt und gebe das einfach auf, nur weil so ein bescheuerter Liebesbote wie du mich anjammert, ihm zum Chef zu folgen. Niemals, sage ich dir! Niemals!»

Ich befürchtete, dass Lou kurz davor war, sich wegzuschnippen, deshalb musste ich sofort die Jungs alarmieren.

«Tja, dann ist wohl nichts zu machen», sagte ich und legte Lou eine Hand auf die Schulter.

«Scheint so», sagte Lou, der sich schwer atmend, aber schon wieder etwas ruhiger auf den Tresen stützte.

Ich wartete, dass die Jungs nach meinem deutlich ausgesprochenen Codesatz über ihn herfielen, aber wahrscheinlich waren sie inzwischen eingeschlafen.

«Dann ist wohl nichts zu machen!», wiederholte ich laut.

Lou sah mich mit gerunzelter Stirn an.

«Ist ja schon gut», sagte er. «Ich hab'…»

In diesem Augenblick ließen sich Rafael und Mike aus der Deckenverkleidung fallen, Josh sprang hinter dem Tresen hervor, Albert schnellte aus dem Billardtisch heraus und Linguini schoss überraschend behände aus der Musikbox hervor.

Es dauerte nicht länger als ein Augenzwinkern, und die Jungs hingen und zerrten an Lou wie eine Footballmannschaft am Ballführer. Die Aktion war derart stürmisch, dass ich, obwohl ich mich vorbereitet hatte, von meinem Hocker gestoßen und über den Tresen geschleudert wurde.

«Wir haben ihn», hörte ich Alberts erstickte Stimme aus dem wilden Haufen aus Armen, Füßen, Gewändern und Flügeln hervorrufen. Immer wieder stiegen Wolken gelblichen Rauchs aus dem Gewühl auf, was, zusammen mit dem Licht meiner Kollegen, die ganze Szenerie in ein unwirkliches Licht tauchte.

Lou war wohl ziemlich kräftig, denn obwohl an jeder seiner Hände zwei Engel hingen, die versuchten, ihn am Schnippen zu hindern, tauchte sein Kopf aus dem Knäuel auf, und er starrte mich an.

«Verräter!», schrie er mit verzerrter Miene.

«Lou, ich habe dich gewarnt», rief ich zurück. «Wir können nicht anders. Wir haben keine Wahl, sonst geht alles kaputt.»

«So bekommt ihr mich nie, ihr Dilettanten», schrie Lou, schnalzte mit der Zunge – und weg war er. Der Haufen, den die Jungs gebildet hatten, sackte in sich zusammen, und unter Gemurmel und Gestöhne rafften sie sich einzeln wieder auf.

«Wo isser denn?», erkundigte sich Henry verstört, und mir fiel wieder ein, dass die Jungs ja eben gegen einen für sie unsichtbaren Gegner gekämpft hatten.

«Futsch», sagte ich. «Wegdimensioniert, nehme ich an.»

«So ein Mist!», schimpfte Albert. «Unser schöner Plan.»

«Niemand konnte ahnen, dass er das auch ohne Finger kann», sagte ich.

«Was?», fragte Mike.

«Er hat sich mit der Zunge weggeschnalzt», erklärte ich.

«Mann, jetzt habe ich es aber satt. Den kriegen wir nie», sagte Rafael.

«Ich auch. Ich gebe auf», stimmte Mike zu.

Auch mich überkam eine gewisse Hoffnungslosigkeit. Nicht nur, dass wir Lou nicht überwältigen konnten, jetzt hatte ich auch noch sein mühsam gewonnenes Vertrauen verspielt.

Die Chancen darauf, Nummer Eins zum Chef zu bekommen, standen schlechter denn je.

Sharkys Rat

Unser zweiter Plan war kläglich gescheitet, und obwohl alles auf der Kippe stand wie noch nie zuvor, machte jeder von uns seinen Job, so gut es ging. In Florida tobte gerade wieder einmal der schlimmste Wirbelsturm aller Zeiten, an der gesamten Westküste fiel für drei Tage der Strom aus – offiziell wegen einer durchgebrannten Sicherung, tatsächlich waren es natürlich die ersten kleinen magnetischen Sonnenstürme. Am Südpol lösten sich wieder ein paar Eisberge von der Größe eines Bundesstaates, jeden Tag starb eine Tierart aus, und in Arabien behauptete man wieder mal, das Öl würde ausgehen. Der Countdown lief, und selbst die Wegseher unter den Menschen bemerkten das langsam. Ich konnte mir nicht helfen, aber ich begann einen gewissen Zeitdruck zu verspüren. Ein ungewohntes Gefühl, denn Engel verfügen nicht über die Fähigkeit, nervös zu werden.

Am Sonntag, kurz vor unserem wöchentlichen Freizeittreffen, hielt ich es mit meinen Gedanken und Zweifeln nicht mehr aus. Ich suchte Sharky auf, der gerade neben einer kleinen Brücke im Central Park eine Dose Linsen auf einem winzigen Campinggaskocher erwärmte. Normalerweise tauche ich irgendwo in der Umgebung auf und bewege mich dann langsam auf Sharky zu, um ihn nicht zu erschrecken. An diesem Tag jedoch erschien ich einfach sitzend neben ihm und starrte in die bläuliche Flamme.

«Habt ihr Ärger, ihr Jungs?», fragte Sharky nach einer Weile, ohne mich auch nur einen Moment lang angesehen zu haben. Er rührte mit dem Ende eines Zweiges in seinen Linsen herum.

«Sharky, erschrickst du eigentlich nie?»

«Schon, aber nich' wegen einem Engel», sagte Sharky.

«Wegen was denn sonst?»

«Was die Leute so alles in Mülleimer werfen, das erschreckt mich manchmal schon.»

Ich schüttelte nur kurz meinen Kopf. Sharky würde mir wohl immer ein Rätsel bleiben.

«Ärger kann man das nicht nennen», griff ich seine Frage auf. «Es ist eher eine größere Aufgabe, die gerade ansteht.»

«Euer Einser, oder was?»

Ich starrte ihn an. «Sharky, bist du ganz sicher kein Engel?»

Sharky öffnete ein Papiertütchen mit Salz, auf dem das Logo eine Schnellrestaurants prangte, und rührte es in seine Linsensuppe.

«Ist doch logisch, dass es um den geht, oder?», sagte er. «Erst die Sache mit dem Anhänger und dass ihr Jungs mir auf meiner Mülleimertour helft, dann das Theater in der Kirche, und jetzt bist du schon wieder da und guckst mir beim Mittagessen zu.»

«Entschuldigung.»

«Schon gut. Was is' denn nun?»

Ich überlegte, warum ich eigentlich gekommen war. Sharky war ein Mensch, was konnte der mir in himmlischen Angelegenheiten, noch dazu von dieser Größenordnung, helfen? Andererseits hatte er einen unvergleichlichen Einblick in die dunkle Seite, der uns ganz offensichtlich fehlte.

«Noch immer dasselbe Problem», erklärte ich. «Wir müssen Lou dazu bringen, zum Chef zu gehen, und zwar schnell. Und egal wie.»

«Aha», machte Sharky nur und puderte den Inhalt eines Pfeffertütchens über seine Linsen.

Ich wartete, wie ein Schüler neben seinem Meister, auf eine erleuchtende Antwort. Kinderwagen schiebende Frauen, Jogger, Rad fahrende Kinder und Spaziergänger passierten die Brücke, neben der wir saßen, und gelegentlich warf jemand einen mitleidigen oder verächtlichen Blick in Sharkys Richtung.

«Wie lange macht der das eigentlich schon?», erkundigte sich Sharky.

«Wer? Was?»

«Na, euer Einser. Seit wann macht er seinen Job?»

«Oh Sharky, das kannst du dir bestimmt nicht vorstellen. Ich kann nur sagen: Sehr, sehr lange.»

Sharky holte mit einem verbogenen Löffel ein paar Linsen aus der Dose, spitzte die Lippen und schlürfte sie geräuschvoll in den Mund. Er schien mit dem Ergebnis zufrieden zu sein, denn kurz darauf nahm er die Dose von der Flamme.

«Dann ist ihm bestimmt langweilig. Ihr könntet ein wenig Abenteuer in sein Leben bringen. Das mag jeder.»

«Abenteuer?»

«Na, was Aufregendes eben.»

«Sharky, Lou existiert schon länger als die Menschheit. Nichts auf dieser Erde ist für ihn noch aufregend.»

«Eine Wette schon. Wetten sind immer spannend.»

«Was für eine Wette?»

«Keine Ahnung. Aber wenn er sie verliert, muss er mitkommen. Das wäre eine Herausforderung für ihn, das packt ihn bei der Ehre.»

Er hielt mir einen Löffel Suppe entgegen, den ich mit einer Geste dankend ablehnte. Die Gedanken in meinem Kopf begannen sich zu drehen. Sharky hatte gar nicht so Unrecht. Es gab nichts, mit dem man Lou hätte verführen können, außer ein wenig Abwechslung und Aufregung. Wer seit Jahrtausenden denselben Job machte, sehnte sich nach nichts so sehr wie nach neuen Erlebnissen, das konnten wir aus eigener Erfahrung sagen. Dabei hatten wir es, verglichen mit Lou, noch gut.

Wir waren viele und konnten uns zusammen immer neue Spiele ausdenken. Lou war alleine, um nicht zu sagen einsam. Dass er darunter litt, hatte ich bei unserem Treffen in Devil's Corner schon bemerkt.

«Ich habe keine Ahnung, um was ich mit Lou wetten sollte», sagte ich.

«Euer Problem», sagte Sharky zwischen zwei laut geschlürften Löffeln Linsensuppe.

Die Wette

Die folgenden Wochen waren für die meisten von uns – außer für Mike und seine Abholertruppe, die immer vom Sinn ihrer Arbeit überzeugt waren – eher frustrierend. Wir berührten die Menschen wie gewohnt am Herzen, aber keiner von uns spürte so rechte Freude an der Arbeit.

Und ich hatte ein Problem: Ich konnte Lou nicht mehr sehen. Also nicht technisch gesehen, aber er war einfach nicht da. Futsch, in Urlaub, undercover, verschüttet und verschollen. Egal, wo ich suchte und wie passend die Situation für Lous Arbeit auch gewesen wäre: Er war wie vom Erdboden verschluckt. Alles in allem mussten wir zugeben, dass wir keinen Plan mehr hatten, nicht einmal eine Idee oder sonst einen Hoffnungsfunken. Wir waren fertig, völlig am Ende, restlos frustriert. Tutto finito, wie Linguini es treffend ausdrückte. Wenn nicht noch ein Wunder geschah, war bald restlos Schluss mit dieser Welt.

Etwa vier Wochen nach unserem zweiten Überfall auf Lou sah ich ihn endlich wieder. Er streifte in einem Kaufhaus umher und berührte ziemlich unmotiviert und planlos praktisch jeden, der ihm über den Weg lief.

Erst wusste ich nicht, was ich tun sollte, und verfolgte ihn eine Weile unbemerkt. Dabei konnte ich beobachten, dass es Lou tatsächlich ähnlich zu gehen schien wie uns. Er hatte keine Lust auf seine Arbeit. Seine Schultern und die Flügel hingen traurig nach unten, alle seine Bewegungen wirkten niedergeschlagen, und selbst ein Herz zu ergreifen schien nicht einmal den Anflug von Entzücken in ihm zu wecken. Was ich hier sah, war nur noch ein fahles Abbild des Lou, den ich in China als Virtuosen der dunklen Künste kennen gelernt hatte.

Ich beschloss, ihn anzusprechen.

«Hi», sagte ich und winkte etwas verloren hinter einem Sockenregal hervor.

Er drehte sich herum, schien aber weder überrascht noch verärgert zu sein.

«Tut mir Leid», sagte ich. «Dumme Geschichte.»

Lou starrte mich lange mit einem Blick an, den ich bei einem Menschen als *seelenlos* bezeichnet hätte.

«Schon gut», sagte er schließlich.

«Lust auf ein Bier?»

«Ich trinke nicht mehr. Macht mich unvorsichtig.»

«Ah so.»

Er berührte eine Dessousverkäuferin, die daraufhin ihrer offensichtlich noch minderjährigen Kundin unter wilden Beschimpfungen über die Morallosigkeit der Jugend einen spitzenbesetzten roten Tangaslip über den Kopf zog. Ich folgte Lou und brachte die Sache im Vorbeigehen in Ordnung.

«Warst du schon mal im Kino?», erkundigte ich mich.

«Schon oft.»

«Hast du heute Lust dazu? Es läuft gerade ein ziemlich netter Fantasiefilm. Könnte dir gut tun.»

«Ich gucke keine Fantasiefilme.»

«Was denn dann?»

«Ich gucke überhaupt nicht. Wenn ich im Kino bin, habe ich zu arbeiten. Außerdem gehe ich nur in Horrorfilme.»

«Umso besser, dann sehen wir jetzt mal einen Fantasiefilm an, und du arbeitest dabei nicht. Einfach nur zuschauen und amüsieren. Wie klingt das?»

Lou wiegte seinen Kopf hin und her und formte einen spitzen Mund.

«Das ist wieder so ein Trick von euch, oder?»

Ich hob meine rechte Hand und kreuzte zwei Finger.

«Kein Trick. Ich schwöre beim Chef. Nur wir beide.»

«Beim Chef?»

«Genau.»

«Na gut. Wann?»

«Jetzt. Die Nachmittagsvorstellung fängt in einer halben Stunde an, und wir brauchen noch Cola und Popcorn.»

Ich hatte ein Kino ausgesucht, in dem Klassiker aus längst vergangenen Zeiten aufgeführt wurden. Den Filmtitel habe ich vergessen, aber vielleicht erinnern Sie sich an die Geschichte von dem kleinen Außerirdischen mit den ziemlich langen Fingern, der durch einen Unfall auf die Erde gekommen war und sich nun nichts sehnlicher wünschte, als nach Hause zu telefonieren und zu seinen Angehörigen zurückzukehren?

Ich hoffte, diese herzerweichende Handlung würde Lou zum Heulen bringen, und stellte mir vor, wie er sich tränengeschüttelt an meine Schulter lehnte und mir schwor, er wolle alles wieder gutmachen und sofort mit zum Chef kommen, Hauptsache, er müsse nicht mehr alleine unter Menschen sein. Das war mein – zugegebenermaßen ziemlich utopischer – Plan. Auf Lou machte die Geschichte leider nicht den gewünschten Eindruck.

«Ja, ist der denn völlig meschugge?», entfuhr es ihm an der Stelle, als der Außerirdische sich gerade mit dem Menschenjungen anfreundete.

«Wieso? Sind doch süß, die beiden», sagte ich.

«Der verbündet sich mit einem Menschen!»

«Klar, er ist eben einsam. Er hat einfach Heimweh.»

«Und was soll ihm der Junge dabei nützen?»

«Lou, es geht nicht um Nutzen, es geht um Trost, um Freundschaft. Er mag den Jungen, und der Junge mag ihn. Trotz aller Unterschiede sind sie Kumpels, das Beste, was einem passieren kann.»

«Trinken die Bier zusammen?»

«Ich glaube nicht.»

Lou wendete sich wieder dem Geschehen auf der Leinwand zu. Irgendwann begann er sich zu langweilen und griff durch die Stuhllehne hindurch nach dem Herz der jungen Frau vor uns, die daraufhin sofort anfing, auf ihren Geliebten neben sich einzuboxen.

«Vielleicht sollten wir jetzt besser gehen», schlug ich vor und beruhigte die Frau durch eine Berührung.

«Ich finde Kino langweilig», maulte Lou. «Keine Ahnung, was die Menschen daran so mögen.»

Trotz dieses missglückten Amüsements gelang es mir schließlich doch noch, Lou zu einem Besuch in einer Stehkneipe neben dem Kino zu überreden.

«Hey, guck dir den mal an!», sagte Lou und deutete mit dem Kopf auf den laufenden Fernseher, der an der Rückseite der Bar über dem Flaschenregal aufgehängt war.

«Den Präsidenten?»

Lou nickte. «Mein Werk. Genauso wie alle seine Kumpels. Die haben sogar einen Club gegründet, in dem sie mich anbeten. Eine Art Kirche sozusagen, alleine mir zu Ehren.»

«Ist nicht dein Ernst.»

«Wenn ich es dir sage.»

«Wie hast du das gemacht?»

«Eigentlich haben die damit angefangen. Sie haben ihren Verein gegründet und ihre Treffen abgehalten und mich dabei immer wieder gerufen. Ganz seltsame Rituale, keine Ahnung, wer sich das ausgedacht hat. Irgendwann taten sie mir Leid, und ich habe sie besucht. Erst bekamen sie einen mächtigen Schreck, aber der verzog sich schnell, denn natürlich hatten sie einen Riesensack voll Wünsche. Lou, gib uns dies, Lou, gib uns das. Mach mich reich, mach mich mächtig, gib mir diese Frau, ich will von allen geliebt werden, ich will Erfolg, ich will ein Star sein… Unglaublich, was denen alles einfällt, am liebsten hätten sie die ganze Welt. Nur zahlen wollten sie dafür nichts.»

«Was hast du gemacht?»

«Ich hab gesagt, sie können haben, was sie wollen, aber ich will auch was. So läuft das Geschäft, deshalb bin ich schon so lange dabei.»

«Und was verlangst du von ihnen?»

«Immer dasselbe.»

«Ihre Seele», sagte ich entsetzt.

«Quatsch mit Sauce», sagte Lou. «Niemand kann seine Seele verkaufen, die ist nicht handelbar. Die ist ganz oben beim Chef aufgehängt, da traut sich keiner ran. Völlig indiskutabel.»

Lou handelt mit Seelen – noch so ein haltloses Gerücht, das da gerade in mir zerbröselte.

«Na, was denn dann?», fragte ich.

Lou beugte sich zu mir herüber, kam mit seinem Gesicht bis auf eine Handbreit an mein Gesicht heran. Seine Augen wechselten wieder blitzartig von Tiefschwarz zu Leuchtendgelb. Inzwischen kannte ich ihn gut genug, um dies als Zeichen zu deuten, dass er eine Bosheit plante.

«Tja, was wohl?», hauchte er zwischen seinen frettchenhaften Zähnen hervor, begleitet von einer kleinen grauen Rauchwolke. Zum ersten Mal war ich froh, dass Engeln der Geruchssinn fehlt.

‹Was wohl, was wohl?›, schoss es fieberhaft durch meinen Kopf. Wenn ich im Stress bin, kann ich oft keinen klaren Gedanken fassen, das war schon damals so, bei den Prüfungen an der Akademie. Ich dachte, ich wäre das endlich los, doch als ich an diesem Abend alleine mit Lou an der Bar stand und er mir das Geheimnis der Dunkelheit verraten wollte, hatte ich seit Jahrtausenden meinen ersten echten Blackout.

«Keine Ahnung, Nummer Eins, wirklich. Ich habe nicht den blassesten Schimmer, was es ist», gab ich schließlich bedrückt zu.

Lou lehnte sich zurück. «Das war mir klar.»

Warum auch immer mir in diesem Moment Sharkys Idee durch den Kopf schoss – es war der perfekte Moment.

«Wie wäre es mit einer Wette?», fragte ich.

«Eine Wette?» Lou legte den Kopf schief.

«Wenn wir es herausfinden, kommst du mit. Freiwillig und ohne Ärger zu machen.»

Er runzelte ein die Stirn.

«Einverstanden», sagte er schließlich. «Wenn ihr mir sagt, was ich von den Menschen als Gegenleistung für die Erfüllung ihrer Wünsche bekomme, begleite ich euch zum Chef.»

Lous Einwilligung kam mir jetzt doch ein wenig zu schnell vor. Irgendwie hatte ich mehr Widerstand erwartet.

«Einfach so?», wunderte ich mich. «Aber warum, ich meine wieso…?»

«Weil es kein Problem für mich ist.» Er polierte die Krallen seiner rechten Hand am linken Ärmel. «Ihr werdet es nie herausfinden. Ich gebe euch sogar drei Versuche.»

«Du meinst, wenn…»

«Versprochen.»

«Und wenn nicht?»

«Dann nicht.»

«Wir werden dich zwingen.»

«Nur zu. Viel Spaß.»

«Wir haben unsere Mittel.»

Er seufzte gelangweilt. «Natürlich. Die habe ich ja schon kennen gelernt.»

«Andere Mittel. Stärkere.»

Jetzt bluffte ich, aber ich fand, ich machte es gut, dafür, dass ich es noch nie getan hatte.

«Soso.»

Lou zeigte sich völlig unbeeindruckt. Er fragte nicht mal nach, so wenig schien ihn das zu interessieren.

«Und dann wirst du aber sehen...», sagte ich lahm.

«Hör mal, Kumpel», sagte Lou, «Nullnullzwo oder Chris oder wer auch immer. Keiner von euch Jungs hat die Macht, mir auch nur die Frisur zu verstrubbeln, geschweige denn eine Feder zu krümmen. Und da meint ihr, ihr könnt mich entführen? Lächerlich.»

«Wirst schon noch sehen, Lou», wiederholte ich, musste mir aber selbst eingestehen, dass ich nicht besonders überzeugend wirkte.

«Na gut, die Wette gilt», meinte ich nach einer Pause. «Wenn wir herausbekommen, was die Menschen dir geben müssen, kommst du mit zum Chef.»

Lou nickte und hielt mir die frisch polierten Krallen entgegen. Ich griff zu, und er schüttelte meine Hand.

«Abgemacht. Mein Ehrenwort darauf», sagte er. «Aber wenn ihr es nicht herausfindet-» Er lachte auf eine Art, die mich schaudern ließ.

«Was dann?» Da ich noch nie gewettet hatte, war mir neu, dass jede Seite einen Einsatz bringen musste.

«Dann vollende ich meinen großen Plan.»

«Welchen Plan?»

«Den Plan, von dem ihr keine Ahnung habt. Ein Geheimplan, an dessen Ende das Ende der Menschheit steht.»

«Gestorben!», rief ich und zog meine Hand so schnell aus seiner Umklammerung zurück, als würde sie mit heißem Öl übergossen. «Aus und vorbei, Komplettstorno, ich bin raus. Wenn das unser Preis sein soll, mache ich nicht mit!»

«Zu spät!» Lou kicherte heiser. «Du hast schon eingeschlagen.»

Vertrauen

Dieses gehässige Kichern klang noch in mir nach, als wir schon in unserer kleinen Bucht auf Hawaii saßen. Ich hatte soeben meinen Bericht über das jüngste Treffen mit unserem Sorgenkind abgeschlossen.

«Er hat *was* gesagt?» Albert starrte mich ungläubig an.

«Dass er freiwillig mitkommt, wenn wir herausfinden, was er von den Menschen als Bezahlung für seine Dienste nimmt», erklärte ich, inzwischen zum dritten Mal.

«Er will, dass wir ihm sein eigenes Erfolgsrezept erklären?»

«So ungefähr.»

«Und dann kommt er mit?»

Ich nickte. «Sollten wir es aber nicht herausfinden, macht der die Menschheit platt.»

«Klingt mächtig nach einem Bluff, wenn ihr mich fragt.» Albert wackelte mit einer Hand hin und her. «Lou kann man nicht trauen.»

«Es klang wirklich ehrlich», sagte ich.

«Naja, Lou und ehrlich…»

«Weißt du Chris, ich glaube, er hat dich voll eingewickelt», sagte Josh, der schon immer der offenste, aber auch schonungsloseste meiner Freude war. Er drückte mich am Arm.

Ich seufzte. «Trotzdem müssen wir davon ausgehen, dass er es ernst meint. Wenn sein Plan die Menschheit bedroht, ist es unsere Pflicht herauszufinden, was er vorhat. Gabriel…» Ich drehte mich zu unserem Leitenden Engel des Göttlichen Nachrichtendienstes um.

«Alles klar, bin schon bei der Arbeit», sagte Gabriel und löste sich auf. Wenn jemand etwas über Lous Plan herausfinden konnte, dann waren es er und seine Leute.

«Und was machen wir inzwischen?», erkundigte Henry.

«Ist doch chiaro, wir probieren es aus», sagte Linguini. «Chris geht zu ihm und sagt ihm semplicemente…» Er brach im Satz ab und ruderte mit einer Hand herum.

«Genau darum geht es, Linguini», sagte ich. «Was soll ich ihm erzählen?»

«Sag ihm, er klaut den Leuten die Seele», schlug Rafael vor. «Gute Idee, das ist bestimmt richtig», meinte Mike.

«Ist es nicht», erklärte ich. «Lou sagt, die Seele ist Chefsache. Unantastbar, selbst für ihn. Es muss etwas anderes geben.»

Wir schwiegen und grübelten. Grübelten… Grübelten…

Wissen Sie, es ist nicht einfach für uns, solche Dinge zu verstehen, denn wir sind Engel, die pure Liebe, das reine Licht. Wir können Menschen damit berühren, aber wir sind nicht in der Lage, wirklich zu empfinden, was in den Menschen vorgeht, wenn sie Unsinn anrichten. Uns fehlt – trotz jahrelanger Ausbildung an der Akademie, Feldforschung und praktischer Fallstudien – der innere Antrieb, dunkle Dinge zu tun. Wir kapieren es einfach nicht, ich meine intellektuell schon, aber nicht gefühlsmäßig.

«Das kann doch nicht so schwer sein», meinte Albert nach einer langen Zeit schweigenden Sinnierens. «Lasst uns das mal systematisch angehen. Tatsache ist, dass Lou es schafft, dass die Menschen tun, was er will. Sie betrügen und belügen sich, sie bekriegen und übervorteilen sich, sie raffen ohne Rücksicht, sie machen die Erde kaputt und die Menschen um sich herum erst recht.»

«Ein klein wenig verallgemeinert, aber trotzdem schon mal Fakt», stimmte Josh nickend zu.

«Okay», sagte Albert. «Mal angenommen, ein Mensch ist noch nicht so, wie Lou es gerne hätte. Mal angenommen, er ist ein netter, rücksichtsvoller, achtsamer, liebevoller Kerl…»

«Oder eine Frau», warf Mike ein, der sich schon immer für die Gleichberechtigung unter den Menschen einsetzte.

«Oder eine Frau», ergänzte Albert mit einem etwas ungehaltenen Stirnrunzeln in Mikes Richtung. «Womit könnte Lou ihn oder sie verführen, fortan dunkle Dinge zu tun?»

«Akademie, Motivationspsychologie, drittes Jahr», sagte Mike in einem fast schon mechanisch wirkenden Tonfall. «Verführung durch Sicherheit, Macht, Wohlstand, Sex, Ruhm.»

«Prima, Mike», lobte Albert. «Lou verhilft ihnen zu diesen Dingen. Aber wie macht er das?»

«Er hat gesagt, er macht ihnen ordentlich Angst», erklärte ich. «Angst ist der Antrieb für alles. Angst, etwas zu verlieren. Angst, niemand zu sein. Angst vor Armut, vor dem Alleinsein, vor der eigenen Nichtigkeit. Vor allem die Angst davor, zu sterben, ehe man vollkommene Erfüllung und inneren Frieden erfahren hat. Dazu kommt, dass Lou wohl so einige Fähigkeiten hat, mit denen er Dinge erschaffen und Menschen beeinflussen kann, aber das bestreitet er.»

«Das ist auch nicht der Punkt», sagte Albert. «Die Frage lautet: Was ist der Lohn der Angst? Was geht verloren, wenn jemand Angst bekommt? Was wird eingetauscht?»

«Das Vertrauen, Ragazzi!», sagte Linguini einem ungewöhnlichen Anfall von Geistesblitz.

«Genial!», rief Albert. «Linguini hat's erfasst. Vertrauen muss die Währung sein, die Lou annimmt. Die Menschen verkaufen das Vertrauen zu sich selbst und in ihr Leben.»

«Oder eine Ebene höher gesehen: Sie verlieren das Vertrauen in den Chef, und dafür vertrauen sie Lou. So erhält Nummer Eins immer mehr Macht», sagte Henry.

«Chris, wir haben es!», rief Rafael. «Das Wort, mit dem wir gegen Lou die Wette gewinnen, lautet *Chefvertrauen*.»

Irgendwie klang das alles ziemlich logisch, aber dennoch hatte ich meine Zweifel. Vielleicht, weil es zu einfach war?

Dennoch machten wir uns alle sofort auf den Weg zu einer Politikerbeerdigung, auf der wir Lou zu treffen hofften. Und tatsächlich hatten wir uns nicht getäuscht. Der Sarg war noch nicht versenkt, aber die Grabrede für den – wie Mike zuverlässig berichten konnte – in einem Freudenhaus an einem Herzanfall verblichenen Verteidigungsminister hatte bereits begonnen.

«…dem ganzen Land ein Vorbild an tugendhaften Werten und Moral gewesen», erklärte der Militärgeistliche gerade.

Lou war bereits damit beschäftigt, die angetretene Garde an Generälen, Politikerkollegen und Industriemagnaten zu bearbeiten.

«Nummer Eins, ich hab's!», rief ich, so laut ich konnte, quer über den Sarg.

Lou, der gerade einem Flottenadmiral die pure Bosheit ins Gesicht zauberte, hielt inne und drehte sich zu mir um.

«Na, dann mal raus damit», sagte er mit einem spöttischen Grinsen auf den Lippen.

«Gilt dein Versprechen noch?»

«Hundertprozentig», beteuerte Lou.

«Gut. Deine Bezahlung für Macht und Ruhm und Ansehen und all das ist das Vertrauen! Chefvertrauen!»

«…in der Pflichterfüllung für sein Land sein Leben gegeben…», las der Geistliche mit mechanisch klingendem Tonfall von seinem Manuskript ab.

«Netter Versuch. Träum' weiter, Engel», blaffte Lou und zog verächtlich die Mundwinkel nach unten.

«Aber warum nicht, Nummer Eins?»

Die Jungs, alle dicht um mich gedrängt, verfielen in verständnisloses Gemurmel. Sie mussten sich ja noch immer Lous Antworten selbst erschließen. Lou hingegen, der uns alle sehen konnte, schien spontan beschlossen zu haben, uns unsere Unwissenheit durch seinen kleinen Vortrag erst richtig deutlich zu machen. Er begann, die leere Fläche vor dem Sarg nutzend, vor uns auf uns ab zu wandern, wie ein Dozent vor seinem Auditorium.

«Gentlemen, Ihre Vermutungen sind völlig unzureichend und zeugen von mangelnder Reife und Erfahrung. Zwar sagt man, Vertrauen sei der Anfang von allem…», er machte eine spiralförmige Handbewegung himmelwärts, «doch dem ist nicht so. Vertrauen ist eine Folge von etwas, dass Sie, verehrte Unwissende, herauszufinden die unlösbare Aufgabe haben.»

Er stützte sich mit beiden Händen auf den Sargdeckel, wie ein Redner auf sein Pult, musterte uns kurz und gab mir dann mit einem Kopfnicken zu verstehen, dass ich den Jungs berichten sollte.

«Was sagt er?», erkundigte sich Henry.

«Er sagt, wir sind schief gewickelt und haben keine Ahnung», erklärte ich.

«Und dafür braucht er so lange?», wunderte sich Rafael.

«Ich hab's gekürzt», brummte ich. Und dann zu Lou gewandt: «Sag mal, woher sollen wir denn wissen, dass du überhaupt zugibst, wenn wir Recht haben?»

«Tja, das ist eben Ihr Risiko, Gentlemen», sagte Lou. «Sprachen wir nicht gerade über Vertrauen? Vertrauen Sie mir einfach. Eine andere Chance haben Sie ohnehin nicht.»

«Könntest du jetzt mal bitte aufhören mit dem Gentlemenunsinn?», sagte ich ziemlich ungehalten. «Erkläre mir lieber, warum Vertrauen als Antwort nicht stimmt.»

Lou schien mein Tonfall nicht besonders zu gefallen. Er runzelte die Stirn, ging aber zum Glück nicht weiter darauf ein und nahm sein Umherwandern wieder auf.

«Weil Vertrauen eine Einbildung ist, und mit Illusionen lasse ich mich nicht bezahlen», erklärte er. «Heute hat man es, morgen nicht. Heute glaubt man, dies sei wahr, morgen ist es das Gegenteil. So sind die Menschen – jetzt vertrauen sie mir, in der nächsten Minute glauben sie dem ersten Besten, der ihnen etwas erzählt, das ihnen besser in den Kram passt.» Er sah mich triumphierend an. «Und deshalb habt ihr soeben euren ersten Versuch versiebt.»

Ich kam mir vor, wie ein Schüler im ersten Akademiejahr, der gerade durch die mündliche Prüfung gerasselt war. Lou war uns wirklich um einiges voraus, und in diesem Augenblick verstand ich, warum er sich auf die Wette mit uns eingelassen hatte. Er spielte mit uns, und wir hatten tatsächlich schlechte Karten.

«Wenn das dann alles war, meine Herren», spöttelte Lou und musterte uns noch einmal abschätzend, wie einen erbärmlichen Haufen sich windender Maden. «Ich habe zu arbeiten.» Er schnippte er mit den Fingern, es gab einen leisen Knall, und an der Stelle, an der er soeben noch doziert hatte, schwebte nur noch das übliche hellgraue Wölkchen.

«Und was hat er jetzt gesagt?», erkundigte sich Rafael.

«Er ist weg, Leute», sagte ich tonlos.

«Ohne was zu sagen?»

Ich drehte mich zu den Jungs um. «Wir brauchen eine völlig andere Taktik», erklärte ich.

Wir verließen den Ort der Niederlage und der Trauer – die Beerdigung war noch in vollem Gange, niemand hatte uns bemerkt, und der Geistliche hatte noch ein gutes Drittel seiner Lobpreisungen abzuarbeiten – und suchten uns einen ruhigen Platz zwischen zwei schief stehenden verwitterten Grabsteinen.

«Sieht also nicht gut aus für uns, oder?» Albert seufzte, nachdem ich meinen Bericht abgeschlossen hatte.

«Mann, Lou hat wirklich was auf dem Kasten», sagte Henry.

«Er ist echt schlau», bestätigte Linguini.

«Der Intellektuellste von uns allen», nickte Albert.

«Ja, er ist eine wirklich harte Nuss», stimmte ich zu. «Dabei war er noch nicht mal auf der Akademie.»

«Wie denn auch? Als der Chef die Akademie gründete, war Lou schon ewig bei der Arbeit», warf Henry ein.

«Vielleicht hat er einfach viel Zeit mit dem Chef verbracht?», überlegte Josh.

Fragen über Fragen, und keiner wusste eine Antwort. Wir alle spürten, dass Lou uns vor eine schier unlösbare Aufgabe gestellt hatte. Wie sollten acht Vertreter der Liebe, die keinen Schimmer von der Dunkelheit hatten, herausfinden, was der Fürst allen Übels als Preis für die Erfüllung der niederen Gier der Menschen forderte? Jahrtausendelang hatte uns das nicht interessiert, und auch jetzt hätten wir Besseres zu tun gehabt, als darüber nachzugrübeln, aber durch diese dämliche Wette war aus einer theoretischen Frage die Entscheidungsschlacht um das Schicksal der Menschheit geworden.

Megalomanie

Eine Woche später, Sonntag, zwölf Uhr mittags. London, Hyde Park, Speaker's Corner. Manchmal haben wir eben Lust auf Abwechslung.

Wir fläzten uns zwischen Touristen und Studenten im Schatten einer Linde herum und beobachteten einen beleibten Mann offenkundig afrikanischer Abstammung, mit wallendem Haar und Vollbart, der mit einem Heiligenschein aus Pappe und einem umgehängten Betttuch auf einer Apfelsinenkiste stand, um einer Handvoll Zuhörer seine Sicht zur aktuellen Lage der Menschheit zu schildern.

«Bereut eure Untaten, ihr jämmerlichen Sündenbeutel!», donnerte er auf seine Schäfchen herab. «Der Tag des Jüngsten Gerichts ist so nahe wie nie zuvor!»

«Was war das noch mal mit diesem Gericht?», erkundigte sich Josh in unsere Runde hinein.

«Sie denken, dass sie bestraft werden, für das, was sie gedacht oder getan oder nicht gedacht oder nicht getan haben», erklärte Albert.

«Bestraft? Von wem?»

«Vom Chef.»

Plötzlich traf mich eine Erkenntnis wie ein Peitschenhieb.

«Leute, ich glaube, wir machen gerade einen großen Fehler», sagte ich. «Der Chef würde tatsächlich niemals seine Ebenbilder bestrafen.»

«Aber was bedeuten dann seine Andeutungen?», fragte Albert.

«Vielleicht haben wir da etwas in den falschen Hals bekommen», überlegte ich.

«Ihr habt eure Seele dem Leibhaftigen verkauft», polterte der Prediger weiter, «und ohne eure Seele seid ihr willenlose Hüllen eurer selbst. Ihr habt euren Herrn verraten, zugunsten des falschen Gottes. Könnte der Schöpfer betrügen und lügen und falsches Zeugnis ablegen, nur um des Ruhmes, der Macht und des Geldes willen? Könnte Gott tun, was ihr getan habt? Ich sage euch, niemals könnte er das tun. Deshalb fürchtet euch, denn die Verdammnis ist nahe!»

«Willst du es tun, oder soll ich?», fragte Mike mit einem Blick auf Henry.

«Mach nur», meinte Henry.

Mike schwebte zu dem Prediger hinüber, stellte sich hinter ihn und berührte sein Herz, indem er mit einem Arm um ihn herum an die Brust langte. Der Prediger zuckte kurz zusammen, dann rückte er seinen Heiligenschein zurecht und fuhr fort.

«Gott ist die Liebe und die Liebe richtet nicht. Was immer ihr tut, wofür auch immer ihr euch entscheidet, ihr werdet geliebt. Ihr könnt keinen Fehler machen, also fürchtet euch nicht. Vor nichts und niemandem, vor allem nicht vor dem, was Prediger euch weismachen wollen.»

Mike, der noch immer mit einer Hand das Herz des Mannes berührte, zwinkerte uns über die Schulter hinweg zu.

«Hört stattdessen auf euer Herz und lebt das, wonach es euch dürstet. Wenn ihr wütend seid, seid wütend, wenn ihr liebt, dann liebt, wenn ihr helfen wollt, helft, und wenn nicht, dann lasst es eben bleiben. Tut, was ihr tun wollt, aber seid dabei ihr selbst. Verkauft euch nicht, denn der Preis ist eure Freiheit.»

«Jetzt wird es langsam besser», meinte Linguini.

«Spürt das Leben», fuhr der Mann auf der Apfelsinenkiste fort. «Alles davon, denn das Leben mit all seiner Vielfalt ist das wahre Geschenk Gottes. Tut alles, was ihr tut, aus vollem Herzen. Nur auf eines sollt ihr achten: Fügt keinem anderen wissentlich Schaden zu.»

«Tatsächlich besser», bemerkte Rafael.

«Wisst ihr, was ich glaube?», sagte Josh. «Ich denke, dass nicht der Chef, sondern Lou einen Plan für das Ende hat. Er tut tatsächlich so, als wäre er der Chef.»

«Also, das wäre ja der komplette Größenwahn», sagte Rafael. «Genie und Wahnsinn hin oder her – so irre kann nicht mal Nummer Eins sein.»

«Wer weiß?»

«Was sollte er überhaupt davon haben?», schaltete sich Gabriel ein.

«Zum Beispiel, dass ihn die Leute anbeten», schlug Josh vor.

«Na und?» Gabriels Züge drückten Unverständnis aus.

«Das findet er bestimmt toll. Sie tun, was er sagt, damit hat er Einfluss auf die Schöpfung, und das bestätigt ihn in dem Glauben, er sei der Chef.»

Gabriel winkte ab. «Ich finde, das klingt jetzt ziemlich weit hergeholt.»

Mike hatte sich inzwischen wieder zu uns gesellt und den Prediger wieder ganz seiner eigenen Kraft überlassen.

«Der Herr sagt: Ihr sollt keine falschen Götter haben neben mir», wetterte er lauter als je zuvor.

«Ich finde, seine Zitate lassen noch ziemlich zu wünschen übrig, Mike», sagte Rafael.

«Was erwartest du nach einer Minute?», verteidigte sich Mike. «Einen Heiligen? Außerdem haben wir eigentlich gerade dienstfrei.»

«Du, Mike, während du weg warst, hatten wir eine Idee», sagte ich. «Wegen Lou und seinem Rätsel. Könnte es sein, dass Lou sich für einen zweiten Chef hält und dass sein Preis für die Macht, die er den Menschen gibt, die Anbetung ist? Ruhm also, Verehrung und Macht über das Schicksal der Menschheit. Was meinst du?»

Mike schürzte die Lippen und wiegte seinen Kopf ein wenig hin und her.

«Kann schon sein», sagte er. «Aber eigentlich wäre das ein ziemlich menschlicher Grund, und ich habe keine Ahnung, wie sich so was anfühlt. Alles in allem trotzdem gut möglich.»

Hier war es wieder, unser altes Problem. Sobald es um die Dunkelheit ging, hatten wir keinen Schimmer, warum jemand tut, was er tut. Für unsere bisherige Arbeit war das immer in Ordnung gewesen, aber in diesem Fall wurde unsere Unfähigkeit zu einem echten Hindernis. Lou musste das wissen, denn sonst wäre er niemals auf diese Wette eingegangen.

«Ich finde, es klingt sehr logisch», sagte Albert. «Logik ist immer gut, und da wir keine weitere Lösungsalternative haben, sollten wir es verwenden.»

Ich hatte bisher kaum Erfahrungen damit gesammelt, was geschah, wenn Engel mit Logik anstatt mit Liebe arbeiteten, aber in Ermangelung der Fähigkeit, Lous Motivation zu spüren, blieb uns keine Wahl, als es mit unserem bescheidenen Sachverstand zu diesem Thema zu versuchen.

«Wollen wir es ihm so sagen?», fragte ich.

Alle nickten.

«Wir sollten die Antwort dieses Mal ein wenig für ihn aufbereiten», schlug Josh vor. «Eine gute Präsentation ist der halbe Erfolg, das ist psychedelisch erwiesen.»

«Psychologisch», berichtigte ich ihn. «Ein guter Vorschlag.»

Den Rest des Nachmittags verbrachten wir damit, für Lou eine besondere Verpackung zu entwerfen.

Die Lösung zu überbringen war natürlich wieder mein Job. Am folgenden Tag fand ich Lou bei der Arbeit in diesem großen weißen Haus, in dem das Schicksal der Welt gelenkt wird. Er stand hinter dem Schreibtischsessel des amtierenden Präsidenten und hielt – durch die Rückenlehne hindurch – seine Hand auf dessen Rücken.

«Guten Morgen, Lou», begrüßte ich ihn.

Nummer Eins sah kurz hoch und nickte statt einer Antwort. Der Präsident starrte mit glasigem Blick auf die Papiere, die ihm seine Sekretärin der Reihe nach hinschob und wegzog, und von denen er eines nach dem anderen unterzeichnete.

«Was ist denn das?» Ich deutete beiläufig mit dem Kinn auf das Staatsoberhaupt.

«Mein bester Kunde», sagte Lou.

«Das weiß ich. Ich meine, was unterschreibt er da?»

«Alles Mögliche», erklärte Lou. «Rüstungsaufträge, Kriegseinsätze, Geld nachdrucken, Steuererhöhungen, neue Notstandsgesetze, Geheimüberweisungen, …»

«Ach so was», unterbrach ich wenig interessiert. «Lou, ich habe die Lösung für die Wette.»

«Na, da bin ich ja schon ganz gespannt.» Lou lachte gehässig.

Ich ließ mich davon nicht beeindrucken.

«Nummer Eins, du bist eine von krankhaftem Ehrgeiz zerfressene Jammergestalt, die jeden Kontakt zum Chef verloren hat und deshalb so leidet, dass sie ersatzweise nichts mehr liebt als sich selbst und die Tatsache, von anderen angehimmelt zu werden. Deshalb gibst du dich für den Chef aus und verführst die Menschen dazu, dich anzubeten.»

Zugegeben, das waren bestimmt nicht Worte der Liebe. Diese etwas drastische Formulierung hatten wir uns von Sharky besorgt, denn wir wollten unseren gefallenen Kollegen in seinem Innersten treffen, und dafür brauchte es eine Sprachebene, die ihn aufrüttelte. In Lous Blick schwangen Verwunderung und Anerkennung mit, aber auch eine große Portion Überheblichkeit.

«Das ist eure Lösung?», fragte er.

Ich nickte.

«Du meinst, ich tue, was ich tue, weil ich krank bin?»

«Weil du krank bist und darunter leidest, und als Medizin lässt du dich von den Menschen anbeten.»

«Falsch! Null Punkte!», rief Lou triumphierend. «Ich bin kerngesund, schon immer.»

«Typisch an deiner Krankheit ist, dass der Kranke sie nicht von selbst erkennen kann», ergänzte ich.

Nun wurde Lou doch etwas unsicher. «Nicht?»

«Auf keinen Fall.» Ich schüttelte energisch den Kopf.

Lou runzelte die Stirn, und der Präsident unterzeichnete ein weiteres Dokument. Ich glaube, es ging um die Verlängerung seiner Amtszeit auf zwanzig Jahre.

«So ein Blödsinn», sagte Lou. «Was soll denn das für eine Krankheit sein?»

«Megalomanie», schmetterte ich ihm entgegen und rechnete damit, dass er nicht wusste, was es bedeutete. Ich hatte das Wort auch nie zuvor gehört, bis Albert uns erklärte, dass es der medizinische Fachbegriff für Größenwahn war.

Lou wirkte tatsächlich verunsichert. Der etwas hohl lächelnde Präsident krakelte seine Unterschrift unter ein weiteres Papier, das, soweit ich es erkennen konnte, die Weltherrschaft verkündete.

«Ist das was Schlimmes?», erkundigte sich Lou.

Ich machte ein besorgtes Gesicht. «Ziemlich, vor allem, wenn man es im Endstadium hat, so wie du.»

Lou tastete unbewusst an seinem Körper herum. «Ich fühle mich völlig fit», sagte er. «Bin im besten Alter.»

«Es hat auch nichts mit dem Alter zu tun oder mit der Kondition», erklärte ich. «Megalomanie bekommt man, wenn man zu lange alleine ist und wenn man die Verbindung zum Chef verloren hat.»

«Nie gehört», meinte Lou und verzog dabei geringschätzig die Mundwinkel.

Ich winkte ab. «Na, macht ja nichts. Auf jeden Fall hast du es, und es ist nicht sehr lustig, wenn es dem Ende zu geht.»

Jetzt wirkte Lou doch ein wenig beunruhigt. «Dem Ende zu?»

Ich nickte. «Wer Megalomanie hat, stirbt immer.»

Das war keine wirkliche Lüge, denn jeder, der unter Größenwahn litt, starb irgendwann einmal. Natürlich auch jeder, der es nicht hatte, aber warum sollte ich mich in Details verlieren?

Lou schluckte. «Auf jeden Fall ist eure Antwort so falsch wie die erste. Total absurd», sagte er mit etwas schwankender Stimme.

«Ganz sicher?», bohrte ich.

«Ja», sagte Lou.

«Schade», meinte ich in beiläufigem Tonfall und machte Anstalten zu gehen.

«Warte mal!», rief Lou plötzlich. Er löste seine Klaue vom Rücken des Präsidenten, der dies mit einem erleichterten Seufzer quittierte.

Ich drehte mich um. «Hmm?»

«Wie lange noch? Ich meine, nur gesetzt den Fall, es würde stimmen.»

«Wie lange was?»

«Naja, bis zum Ende.»

«Kann man nie sagen.» Ich zog nachdenklich die Augenbrauen hoch und sah zur Decke. «Manchmal geht es ganz schnell, manchmal quälen sich die Betroffenen nur so dahin.»

Lou runzelte die Stirn. «Und woher willst du das alles wissen?»

«Das ist nicht von mir, sondern von Henry.»

«Ist der nicht euer Abholer?»

Ich nickte. «Genau. Deshalb kennt er sich in solchen Dingen ja auch so gut aus. Es gibt keinen Besseren. Wenn er sagt, dass jemand Megalomanie hat, dann stimmt es auch.»

Lou straffte sich und schüttelte Schultern und Flügel, als wollte er eine Horde Flöhe abwerfen.

«Ich bin kerngesund, und ihr habt nur noch einen Versuch, dann lasse ich die Welt untergehen», blaffte er. «Und jetzt muss ich weiterarbeiten.»

Er wendete sich wieder seinem Präsidenten zu, und ich machte mich auf den Weg zu den Jungs.

Sharkys Eingebung

Die Blätter im herbstlichen Central Park hatten eine verschwenderische Fülle an Farben angenommen. Die Sonne ließ bunte Drachen am Wolkenhimmel leuchten, Kinder liefen spielend durch uns hindurch, Hunde kläfften Stöckchen und Bällen hinterher, Liebespaare schmusten… und wir waren zutiefst frustriert.

Zwei Chancen hatten wir schon vertan, und für die letzte standen die Aussichten keinen Deut besser als zuvor.

«Wir haben auf ganzer Linie versagt», klagte Albert. «Wir werden es niemals schaffen.»

«Oh, Chef, warum hast du uns verlassen», jammerte Josh.

«Ihr seid mir vielleicht schöne Engel», meldete sich Sharky, der sich hinter uns niedergelassen hatte und gerade mit leisem Quietschen einen Korkenzieher in den Hals einer Rotweinflasche drehte. «Der kann euch doch gar nich' verlassen. Der is' überall. In jedem Baum, in jedem Menschen.» Sharky hielt die Flasche hoch, «In jedem Rotwein – vor allem im Rotwein. Und in jedem…», er sah sich suchend um, bis sein Blick an Linguini hängen blieb, der dabei war, seine Kellnerschärpe neu um den Bauch zu falten. «…Engel.»

«Jaja, Sharky, du hast leicht reden», sagte Rafael und winkte ab. «Hast alles schon hinter dir. Keine Aufgaben, keine Verantwortung, …»

Plötzlich durchzuckte mich eine Erkenntnis wie ein Blitz.

«Aber Sharky hat Recht!», rief ich. «Es ist die Fähigkeit, den Chef in allem zu erkennen, die uns zu unserem Vertrauen verhilft.»

«Genau», sagte Sharky und der Korken sprang mit einem hohlen Geräusch aus dem Flaschenhals, als wollte er ein akustisches Ausrufezeichen setzen.

Auf einmal sah ich die Antwort so deutlich vor mir, als hätte sie jemand auf eine Tafel geschrieben.

«Es ist alles so klar!», sagte ich. «Wonach sehnt sich jeder Mensch? Nach Liebe. Womit spürt man die Liebe? Mit dem Herzen. Im Gegenzug für Erfolg, Macht, Ruhm und andere Ablenkungen nimmt Lou seinen Opfern die Fähigkeit, ihr Herz zu spüren.»

«Und wie macht er das?», fragte Rafael.

«Er überflutet das Herz mit Angst», sagte ich, «und zwar mit einer ähnlichen Technik, mit der wir die Liebe bringen. Ein Mensch in Angst ist wie ein Blinder in einer Blumenwiese, unfähig, die Schönheit und Fülle zu sehen, die ihn ganz natürlich umgibt. Aber wer sein Herz spürt, hat einen unfehlbaren Kompass, der ihn in der Wüste des Lebens von einer Oase zur anderen leitet. Ohne ihn ist man wie ein Verdurstender, pausenlos auf der Suche nach dem nächsten Schluck Wasser und allen ausgeliefert, die versprechen, sie wüssten den Weg zur Quelle.»

«Ich hab was gegen den Durst», sagte Sharky, schenkte sich einen zweiten Plastikbecher mit Rotwein ein und prostete uns zu.

Die Gesichter der Jungs zollten mir unverhohlenen Beifall.

«Chris, du bist wahrlich ein Altmeister des Scharfsinns», bemerkte Albert schließlich.

«Nein, es war Sharkys Idee», wehrte ich ab. «Er alleine hat die Lösung gefunden.»

Wir nickten unserem Freund anerkennend zu, und Sharky prostete zurück.

«Aber die Frage, die wir beantworten müssen, lautet doch: *Womit lässt sich Lou seine dunklen Dienste bezahlen?*», sagte Mike.

«Richtig», erwiderte ich, «und die Antwort lautet:...»

Gebrochene Versprechen

«...du nimmst den Menschen die Fähigkeit, ihr Herz zu spüren, und damit nimmst du ihnen die Liebe. Sie ist dein Preis. Deshalb müssen die Jungs und ich seit Ewigkeiten nichts anderes tun, als die Menschen mit göttlicher Liebe zu berühren.»

Lou, Sharky und ich standen im Seitenschiff der Trinity Kirche in New York. Die Jungs warteten dieses Mal draußen, um Lou nicht zu verunsichern. Sharky hatte ich mitgenommen, weil ich einen Zeugen brauchte, der sowohl Lou als auch mich sehen und hören konnte.

Nummer Eins, der gerade dabei war, den im linken Abteil des Beichtstuhls sitzenden Geistlichen zu bearbeiten, wirkte einen Augenblick lang überrascht, dann setzte er ein breites Grinsen auf.

«Tja, es war so naheliegend, und dennoch habt ihr so lange gebraucht, um es herauszufinden», sagte er.

«Hauptsache, wir haben es geschafft», entgegnete ich in bewusst ruhigem Tonfall. «Also kommst du jetzt mit?»

Lou ließ die Zunge heraushängen, verdrehte die Augen und machte ein Gesicht wie jemand, der drei Tage in einer Drehtür verbracht hatte.

«Sehe ich etwa bescheuert aus?», sagte er. Seine schnellen Verwandlungen waren schon sehr beeindruckend.

«Aber du hast es versprochen!», sagte ich. «Wir haben gewettet, und du hast verloren.»

Unser Wortwechsel war lauter geworden, und ich warf einen Blick auf Freund Sharky, der eher desinteressiert den Mülleimer neben den Opferkerzen inspizierte. Lou beachtete ihn gar nicht.

«Na und? Ich mache meine Regeln selbst.» Er grinste mich hämisch an, das Gesicht zu einer Fratze verzerrt, die selbst abgebrühten Horrorfilmzuschauern das Blut in den Adern hätte gefrieren lassen. «Vertraue niemals der Dunkelheit, mein himmlischer Freund.»

Die Haut von Nummer Eins hatte inzwischen einen schleimgrünen Ton angenommen und sonderte schweflige Dämpfe ab. Die gelben Augen waren dunkelrot umrandet, und zwischen den spitzen Zähnen schnellte, unterbrochen von wüsten Beschimpfungen, immer wieder die reptilienartige Zunge hervor. Zudem schien mir, als würde Lou wachsen.

«Verderben und Verdammnis über euch alle!», kreischte er. «In sechs Tagen beginnt der Anfang vom Ende! Und ihr könnt nichts dagegen tun!»

Ich machte unwillkürlich einen Schritt zurück und lief dabei in Sharky hinein.

«Lass den mal in Ruhe», sagte Sharky. «Dem geht's nicht gut.»

Lou blieb seine Kanonade aus Flüchen im Hals stecken. «Was hat der gerade gesagt?», presste er zwischen zusammengekniffenen Lippen hervor.

Ich sah Sharky an, dann wieder Lou.

«Hab' nicht aufgepasst», sagte ich.

«Der hat über mich gesprochen. Kann der uns etwa sehen?»

«Ich mag's nicht, wenn ihr über mich redet, als wär' ich nicht da», sagte Sharky.

«Das gibt's doch nicht! Der kann uns tatsächlich sehen und hören!», krächzte Lou, den das offensichtlich völlig aus der Fassung brachte. Dann starrte er mich wütend an. «Ihr verbündet euch mit einem Menschen?»

Er sprach das letzte Wort aus, wie ‹Abfall›, warf Sharky hasserfüllte Blicke zu und zog dabei die Mundwinkel nach unten. Sharky glotzte unbeteiligt zurück.

«Da is' nix mit Verbünden. Wir sind nur Kumpel», stellte er mit einer Stimme fest, die kein bisschen anders klang als sonst.

«Kumpel? Ein Mensch und ein Engel?», meinte Lou mit spöttischem Tonfall und noch immer angewiderter Miene.

«Magst du vielleicht keine Menschen, Lou?», erkundigte ich mich.

Nummer Eins machte einen Schritt auf Sharky zu, und ich ahnte, was er vorhatte.

«Finger weg von ihm!», rief ich.

«Was soll'n das?», sagte Sharky. Er folgte Lou mit seinem Blick, als der sich mit tänzelnden Schritten Sharkys Rücken zu nähern versuchte.

«Er will dich berühren, damit du der Dunkelheit verfällst», erklärte ich und drängte mich zwischen Sharky und Lou. Erwähnte ich schon, dass in unserer Dimension ein Engel für einen anderen Engel so fest ist, wie ein Mensch für einen Menschen?

«Ach so?», meinte Sharky und musterte Lou, als hätte er ein kurioses Spielzeug vor sich.

Lou setzte alles daran, Sharkys Rücken zu berühren, und ich bemühte mich, meine Position zwischen den beiden zu halten. Immer wieder schnellte Lous rechte Kralle nach vorne und versuchte, meine Deckung zu durchdringen. Ich denke, wir sahen aus wie zwei Preisboxer im Ring.

«He, was macht ihr Jungs da eigentlich?», erkundigte sich Sharky nach einer Weile, offenbar, weil es ihm zu dumm wurde.

«Ich rette dein Leben, Sharky», rief ich und fing einen Schwinger mit meinem linken Unterarm ab.

«So'n Quatsch», sagte Sharky. «Hört ihr wohl sofort auf damit.»

«Genau, hör' auf damit», äffte Lou ihn nach und versuchte Sharky unter meinem linken Flügel hindurch zu erreichen.

«Ich brauch keinen Schutzengel», sagte Sharky. «Lasst mich in Ruhe mit eurem Kram.»

Er machte eine Bewegung, mit der er mich beiseite schieben wollte, aber natürlich ging seine Hand ins Leere. Mein Freund verlor ein wenig das Gleichgewicht, taumelte um seine eigene Achse und gab dabei seinen Rücken frei. Lou erkannte die Lücke augenblicklich, machte einen eleganten Satz zur Seite und ließ seine Hand auf Sharkys Rücken schnellen. Sharky zuckte zusammen.

«He, nimmst du wohl deine Griffel weg», sagte er und angelte mit einer Hand nach hinten, natürlich ergebnislos, denn auch Lou ist für Menschen nicht zu fassen. Ich wollte mit einem Sprung zu Hilfe eilen, doch was ich da gerade sah, ließ mich vor Faszination erstarren. Die Überflutung von Sharkys Herz mit der puren Angst, gespendet vom Meister der Dunkelheit, schien ihm nicht mehr auszumachen als eine Fliege auf dem Rücken. Lou griff mit seiner ganzen Klaue zu, machte dabei ein Gesicht, als wollte er sein Opfer in einem Ringkampf mit aller Kraft zu Boden zwingen, doch Sharky drehte sich nur um und sah ihm in die Augen.

«Hörst du jetzt endlich mit den Kindereien auf», sagte er.

Wir starrten ihn wie versteinert an.

«Sharky, wer bist du?», fragte ich schließlich. «Ein Mensch bist du auf jeden Fall nicht. Aber was sonst?»

«Was'n das für 'ne Frage. Hast mich doch selbst vom Strick geholt.»

«Ja, schon, aber kein normaler Mensch kann Lous Griff widerstehen.»

«Ich widersteh' doch gar nix», sagte Sharky.

In diesem Augenblick verstand ich des Rätsels Lösung! Sharky hatte keine Angst, keine Spur von Furcht, vor nichts und niemandem. Er war sozusagen schon einmal gestorben, damals am Strick, als ich ihn in letzter Sekunde gerettet hatte. Sharky hatte sich innerlich voll und ganz vom Leben verabschiedet, deshalb hatte er weder Angst vor dem Tod noch vor sonst etwas im Leben. Angst jedoch war die Grundlage von Lous Arbeit, und ein Mensch ohne sie entzog sich seiner dunklen Macht. Lou zog seine Kralle zurück und glotzte sie so ungläubig an, als hätte sie sich in ein Osterei verwandelt.

«Hab' jetzt keine Zeit mehr für euch Jungs. Ich muss auf meine Tour», sagte Sharky und wandte sich in Richtung Ausgang.

«Sharky, warte», rief ich, mich aus meiner Starre lösend.

«Genau, warte», wiederholte Lou.

Sharky drehte sich um. «Was denn noch?»

«Wir brauchen dich», erklärte ich.

«Bleib gefälligst hier», sagte Lou.

«Ich sag doch, ich hab keine Zeit für euren Kram. Ich geh' jetzt Dosen sammeln.»

«Sharky, wir brauchen dich als Vermittler!», flehte ich.

«Quatsch», sagte Lou. «Ich will wissen, warum du immun bist.»

Sharky war schon einige Schritte gegangen, als er innehielt und sich umdrehte. «Ihr habt echt 'ne Meise, ihr zwei, wisst ihr das?»

Wir nickten beide, in der Hoffnung, Sharky damit zum Bleiben zu überreden.

«Also, was wollt ihr jetzt?»

Ich deutete auf Lou. «Sag ihm, dass er aufhören soll, sonst geht die Welt unter.»

Sharky sah mich verständnislos an. «Warum sagst du ihm das nich' selbst?»

«Er hört nicht auf mich. Er glaubt, ich lüge.»

«Ich denke, Engel können nich' lügen?»

«Können wir auch nicht, aber er glaubt es trotzdem.»

Sharky ging auf Lou zu und blieb eine Armlänge vor ihm stehen. «Warum glaubst du, dass Chris dich verulkt?»

Nummer Eins war über die Tatsache, dass ein Mensch ihm, dem Meister aller Meister, eine Frage stellte, derart von der Rolle, dass er sogar für einen Augenblick vergaß, seine gelben Dämpfe abzusondern.

«Weil – na, wenn ich das nicht glaube, war meine ganze Arbeit umsonst», erklärte er verdattert.

«Was'n für 'ne Arbeit?», fragte Sharky. «Leute anmachen mit dummen Ideen? So was is' doch keine Arbeit, das is' Unfug.»

«Na ja, ich habe damit viel bewegt in meinem Leben», rechtfertigte sich Lou.

«Ach was», sagte Sharky.

«Doch», nickte Lou. «Ich bin ein Schöpfer, ein Erfinder und Gestalter. Ich habe die Gier und den Hass geschaffen, damit Kriege, Mord und Totschlag entstehen können. Ich habe den Erschaffern von Bomben das schlechte Gewissen genommen, habe das Geld erfunden und die sinnlose Gier danach, und natürlich die Zinsen. Und alle zwischenmenschlichen Beziehungen auf dieser Welt habe ich um das Element der Krise bereichert. Ich erfand die grundlose Dunkelheit, das Böse, das um seiner selbst willen schlecht ist. Und zu jedem Skrupel entwarf ich die passende Rechtfertigung und verteilte sie im Volk. Ich bin der Schöpfer von Hass und Schmerz und Präsidenten. Sieh dir die Elendsviertel dieser Welt an – ohne mich gäbe es nichts davon. Außerdem bin ich Experte im Erzeugen von grundloser Wut und der Erfinder von Totschlag aus Langeweile. Und kennst du Depressionen? Ich will nicht unbescheiden sein, aber die sind eines meiner Meisterwerke. Die komplette Abtrennung vom Sinn des Lebens mit nur einem einzigen speziellen Griff.»

Lou machte eine drehende Handbewegung und sah Sharky triumphierend an.

«Der Glaube an den Weihnachtsmann und daran, dass Politiker ihren Wählern Gutes wollen und dass Gesetze für Gerechtigkeit sorgen!», fuhr er fort und lief dabei zur Hochform auf. «Hunger, Tod und Elend, gleich neben Ländern, in denen ein Abendessen im Restaurant mehr kostet als eine arme Familie in einem Monat zum Leben braucht. Die Überzeugung, dass Ledersitze und Sportfahrwerke Glück bedeuten. Die Freude über Titel auf Visitenkarten und der Stolz auf Markenlogos auf Hemdentaschen. Die Sehnsucht nach Erfüllung und Lebenssinn durch Einkaufen… Das alles und viel mehr ist mein Werk! Ich bin doch nicht bescheuert und gebe meine Schöpfung auf, indem ich mit dem da mitgehe.»

Er deutete mit dem Daumen auf mich, ohne mich anzusehen. So viel hatte ich Lou noch nie sprechen gehört und schon gar nicht über sich selbst.

«Dann eben nicht», sagte Sharky. «Ist ja auch egal, wenn du sowieso bald alles den Bach runtergehen lässt.»

«Nichts geht den Bach runter», erklärte Lou. «Im Gegenteil, ich werde mich selbst übertreffen. Ich werde die Welt in Sodom und Gomorrha verwandeln. Das wird die Krönung meiner Karriere!»

«Hab ja nich' so viel gelernt in meinem Leben», sagte Sharky unbeeindruckt, «aber eins weiß ich: Karriere bringt nix.»

Ich hatte die beiden die ganze Zeit stumm beobachtet und konnte wirklich nur noch staunen. Lou hatte in Sharky seinen Meister gefunden, und irgendwie schien ihm das sogar zu gefallen, denn er wirkte im Augenblick nicht besonders verärgert.

«Du kennst die Dunkelheit wirklich», stellte Lou fest, schürzte die Lippen und nickte anerkennend.

Sharky zuckte nur mit den Schultern.

«Was würdest du an meiner Stelle tun?», fragte Lou.

«Jeder muss seinen Kram selbst rausfinden», sagte Sharky.

Lou sah ihn an, und zum ersten Mal, seit ich ihn kannte, entdeckte ich so etwas wie Respekt in seinem Gesicht. «Du willst mich gar nicht beeinflussen, oder? Nicht mal ein kleines bisschen?»

Sharky nestelte an seinen Halbfingerhandschuhen herum. «Is' mir eigentlich egal, was du machst.»

«Ich könnte deine Welt in Schutt und Asche legen», schlug Lou vor.

«Macht mir nichts aus, meine Welt ist sowieso Müll», sagte Sharky.

«Alles, was dir etwas bedeutet, könnte ich beseitigen.»

«Na, dann mach mal zu», sagte Sharky.

Lou wendete sich mir zu. «Du kennst ihn besser. Was bedeutet ihm etwas?»

Ich war überrascht, so plötzlich in das Gespräch eingebunden zu werden, und auf die Schnelle fiel mir nichts ein.

«Keine Ahnung», gab ich zu. «Müll. Oder Linsensuppe vielleicht. Und Dosen.»

Lou lächelte anerkennend in Sharkys Richtung. Ich hatte den Eindruck, dass fast etwas Liebevolles auf seinen Lippen lag, aber das musste eine Sinnestäuschung sein.

«Wie ist dein Name, mein Freund?»

«Sharky», sagte Sharky. «Hörst wohl nicht zu, oder?»

«Lou», sagte Lou. «Nullnulleins». Er streckte Sharky seine Kralle entgegen.

«Immer langsam», entgegnete Sharky und deutete auf mich. «Das da is' mein Freund.»

Lou stand mit ausgestreckter Hand vor Sharky. «Na und?», sagte er.

«Wenn einer meine Freunde nich' mag, kann er nich' mein Freund sein. So is' das», erklärte Sharky.

«Aber ich habe nichts gegen deine Freunde», beteuerte Lou mit einer Geste in meine Richtung. «Sie arbeiten nur für die falsche Seite, das ist alles. Unsere Beziehung ist rein beruflicher Natur.»

«Mir egal», sagte Sharky und wendete sich wieder dem Ausgang der Kirche zu. «Ich hab zu tun.»

«Und wenn ich es tue? Sind wir dann Freunde?», rief Lou plötzlich.

«Was tue?», wollte Sharky wissen.

«Zum Chef gehen», sagte Lou.

«Jeder kann machen, was er will», sagte Sharky nur.

«Ich gehe mit, und wenn ich wiederkomme, trinken wir einen. Abgemacht?»

«Glaube nich'», sagte Sharky und verließ uns, ohne sich noch einmal umzusehen.

Als Lou sich mir zuwandte, sah ich, dass er auf hundertachtzig war. Sharkys Gleichgültigkeit hatte ihn nicht nur provoziert, sie hatte ihn von einer Sekunde auf die andere völlig aus der Fassung gebracht. Aus Ohren und Nase dampfte graugrüner Rauch wie giftige Abgase aus einem Fabrikschlot.

«Euch mache ich fertig!», kreischte er. «Euch und diesen verdammten Typen da.» Er holte tief Luft und hob den Zeigefinger. «Ich habe einen Plan, den besten Plan seit Anbeginn der Ewigkeit, und in ein paar Tagen werdet ihr ihn zu spüren bekommen. Macht euch auf was gefasst!»

Er wirbelte theatralisch mit seiner Rechten durch die Luft, schnalzte mit den Fingern und löste sich in Schall und Rauch auf.

Nach dem kleinen Schock über den unerwarteten Abgang begab ich mich nach draußen und erklärte den Jungs, was vorgefallen war.

«Gabriel, wie weit seid ihr mit der Informationsbeschaffung?», erkundigte ich mich. «Wir müssen unbedingt wissen, was Lou plant, oder wir können alle einpacken.»

«Wir sind dicht dran», sagte Gabriel, «aber ich will keine Gerüchte verbreiten. Habt Geduld bis Sonntag, da weiß ich mehr.»

Die Reiter

Es war Sonntagvormittag, etwa elf Uhr. Wir warteten in der Sixtinischen Kapelle, die gerade wegen Renovierung geschlossen war, auf Gabriel. Er hatte uns hierher bestellt und brandneue Informationen des Göttlichen Nachrichtendienstes über Lou angekündigt. Inzwischen lungerten wir nun seit fast einer Stunde auf dem Rücken liegend herum und betrachteten die Gemälde an der Decke.

«Schönes Bild», stellte Linguini fest.

«Hab' mich schon immer gefragt, was das eigentlich sein soll», bemerkte Josh.

«Sag mal, hast du in Kunstgeschichte eigentlich jedes Mal gefehlt? Das ist der Chef, der einem Menschen die Hand reicht», erklärte Mike, der als Kreativer schon immer in allen Arten von Kunst sehr bewandert war.

«Das soll der Chef sein?» Josh legte seinen Kopf schief und sah angestrengt zur Kuppel hinauf.

«Ist doch nur ein Symbol», sagte Mike. «Sie stellen ihn sich so vor.»

«Der Mensch ist ja ganz in Ordnung, aber der Chef ist völlig daneben», urteilte Albert.

«Und was soll das Baby mit den Miniflügeln neben ihm?», erkundigte ich mich. Kunstgeschichte war auch nie mein Spezialgebiet gewesen.

«Das ist eine Art Engel», erklärte Mike geduldig und seinen fachlichen Ruf als Künstler verteidigend.

«Ein Babyengel?», wunderte sich Josh. Plötzlich konnte er sich nicht mehr beherrschen und gackerte laut los. «Wo werden die denn gemacht?»

«Und vor allem: von wem?», ergänzte Henry.

Schallendes Gelächter aus sechs Engelskehlen erfüllte die Sixtinische Kapelle. Wir kugelten auf dem ehrwürdigen Marmorboden herum, klopften uns vor Vergnügen gegenseitig auf Schenkel und Schultern und hielten uns die Bäuche vor Lachen. Nur Mike schaffte es, sich unter Kontrolle zu halten und uns mit vorwurfsvollen Blicken zu strafen.

«Sie wissen eben wirklich nicht, was sie tun», japste Henry, nachdem er wieder etwas zu Atem gekommen war.

«Ihr seid wirklich engstirnige kleine Ignoranten. Habt ihr noch nie etwas von künstlerischer Freiheit gehört?», blaffte uns Mike an.

«Ist mir egal, wie man das nennt», gab ich um Fassung ringend zurück. «Ich will jetzt endlich wissen, wie wir Lou schnappen können.»

Als wäre es sein Stichwort gewesen, erschien Gabriel. Zum ersten Mal, seit ich ihn kannte, hatte er mehr als drei Sorgenfalten auf seiner Stirn.

«Leute, ich habe zuverlässige Informationen darüber, was Lou vorhat», verkündete er ohne Umschweife.

Wir lagen, wie mitten im Gelächter eingefroren, verstreut auf dem Boden der Kapelle und starrten Gabriel erwartungsvoll an.

«Es wird euch nicht gefallen», fuhr er fort, «und dem Chef schon gar nicht, falls ihm das zu Ohren kommen sollte.»

«Mach schon, raus damit», forderte Josh.

«Johannes 6, 1–18», erklärte Gabriel knapp.

«Ach du lieber Chef!», rief Linguini und hielt entsetzt eine Hand vor den Mund. Alle Blicke wendeten sich ihm zu. Unser beleibter Freund saß vor Schreck wie versteinert da.

«Was macht er denn, dieser Johannes 6?», erkundigte sich Henry.

«Er macht gar nichts», erklärte Gabriel. «Das ist die Angabe einer Bibelstelle, die ein schreckliches Ereignis ankündigt. Etwas, das seit Menschengedenken Furcht und Grauen in fast allen Kulturen hervorruft.»

Alle, außer Linguini, hingen gebannt an Gabriels Lippen.

«Lou plant, die Apokalyptischen Reiter freizulassen», warf uns Gabriel in einer fast schon brutal wirkenden Knappheit entgegen.

Josh runzelte die Stirn. «Nummer Eins will in einen Pferdestall einbrechen?»

«Gabriel, worum geht es?», fragte ich.

«Basta», flüstere Linguini. «Tutto finito.»

«Es handelt sich um eine uralte Prophezeiung», erklärte Gabriel. «Die Reiter sind der Anfang vom Ende. Sie verbreiten Krankheit, Krieg, Hunger und Tod in der Welt. Wenn sie einmal frei sind, gibt es keine Umkehr mehr und keine Rettung.»

«Das ist nicht dein Ernst», sagte Henry.

«Mein voller Ernst», entgegnete Gabriel und unterstrich seine Behauptung durch ein Kopfnicken.

«Es muss sich um einen Witz handeln», sagte Rafael.

«Keineswegs», entgegnete Gabriel.

«Aber es ist doch nur eine Prophezeiung», sagte Mike. «So vieles steht geschrieben, und kaum etwas hat je gestimmt.»

Gabriel nickte. «Das war uns klar, deshalb hat die Ermittlung auch ein paar Tage gedauert. Wir wollten ganz sicher sein und haben die Sache eingehend überprüft.» Er machte eine kunstvolle Pause, während der er sich sein Gewand zurecht zupfte. «Die Geschichte ist leider wahr», sagte er dann, «und Lou hat offenbar herausgefunden, wie er die Sache in Gang bringen kann.»

«Klingt aber gar nicht lustig», stellte Albert fest. «Wo sind diese Reiter jetzt?»

Gabriel deutete mit seinem Kopf in unsere Mitte, auf den Boden.

«Du willst uns auf den Arm nehmen», meinte Rafael.

Gabriel schüttelte den Kopf. Wir setzten uns auf und starrten den mit Marmorintarsien ausgelegten Boden an.

«Das Ende der Menschheit, hier zu unsern Füßen?», flüsterte Albert in einem Anfall bühnenreifer Dramatik.

«Unglaublich», stieß Rafael hervor.

«Wir könnten mal nachsehen, was meint ihr?», schlug Josh vor, der als Einziger nicht völlig von Ehrfurcht gelähmt zu sein schien.

«Du meinst, wir sollen da runtergehen?» Linguini stand auf und rückte seine Schärpe zurecht.

«Warum nicht?», sagte Josh. «Spricht etwas dagegen, Gabriel?»

Gabriel zuckte mit den Schultern. «Von mir aus nicht.»

Auf mein Kommando ließen wir uns gleichzeitig vorsichtig durch den Boden der Sixtinischen Kapelle sinken. Nach etwa vierzig Metern erreichten wir eine Höhle, stockdunkel natürlich, aber kein Problem für Engelaugen. Der riesige Hohlraum maß etwa achtzig Meter im Durchmesser und war über dreißig Meter hoch.

Als ich mich umdrehte, zuckte ich zusammen, und die Jungs stießen kleine Entsetzenslaute hervor. Vor uns ragten die vier eindrucksvollsten Steinfiguren empor, die ich je gesehen hatte, mal abgesehen von der Sphinx und dem Koloss von Rhodos vielleicht. Doch waren es weder die enorme Größe noch die Ausstrahlung der zügellosen Grausamkeit, die uns an den Skulpturen so erschreckten, sondern ihr lebendiges Aussehen. Es schien, als wären die vier Pferde mitsamt ihren Reitern in vollem Galopp aus einer Wand aus flüssigem Fels aufgetaucht und in Sekundenbruchteilen zu Stein erstarrt.

«Oh Mann, das ist wirklich der Hammer», bemerkte Mike, der als erster seine Sprache wiederfand. «Deshalb beten die hier so viel.»

«Ich dachte immer, es gibt keine Hölle», sagte Rafael. «Haben wir zumindest auf der Akademie so gelernt.»

«Auch die Akademie kann sich mal irren», flüsterte Henry.

«Leute, wer immer das hier gemeißelt hat, hatte viel Zeit und eine Menge übler Fantasien», stellte Albert fest.

Die Reiter ragten zu etwa dreiviertel aus der Höhlenwand heraus, als würden sie gerade von den Tiefen der Erde ausgespuckt. Die Figuren wirkten, als bestünden sie aus zu Stein geronnenem Fleisch und Blut. Jede Ader an den muskelbepackten Armen der Reiter, jedes Haar des Pferdefells, die geblähten Nüstern, die aufgerissenen Augen – wohin man sah, die pure Lebendigkeit. Fast schien es, als könnte jeden Augenblick ein Pferd wiehern oder eine der Gestalten die Zügel herumreißen.

Ich möchte Ihnen an dieser Stelle keine schlaflosen Nächte bereiten, aber diese Gestalten waren das pure Grauen, und ich habe schon eine Menge gesehen. Sollten diese Kerle hier tatsächlich über die Erde ziehen, würden bestimmt einige Mitarbeiter aus unserer Belegschaft das Handtuch werfen. Als

Mensch wäre mir in diesem Moment wahrscheinlich das Herz in die Hose gerutscht, oder was immer mit Menschen geschieht, wenn sie sich fürchten. So aber blieb es bei einem heftigen Zittern und Flackern meines Lichtscheins.

Der linke Reiter sah noch am ansehnlichsten aus, wenn man in diesem Zusammenhang überhaupt so ein Wort verwenden kann. Er trug das mittelalterliche Gewand eines Herrschers, mit einem Umhang, der über den Rücken des Pferdes hinaus fast bis auf den Boden reichte. Es schien, als könnten die Augen des Reiters jeden, der ihrem Blick begegnete, zu Eis erstarren lassen. Auf dem wehenden Schopf des Hünen saß eine mit sich windenden Menschenkörpern verzierte Krone. Die linke Hand hielt einen Langbogen, in der rechten lag eine erstaunlich detailgenaue Weltkugel, etwa von der Größe eines Kleinwagens.

«Mann, hat der Muskeln», bemerkte Linguini. «Ziemlich gut trainiert, der Kerl.»

«Warum guckt der denn so frostig?», wunderte sich Josh, der am wenigsten von uns allen beeindruckt zu sein schien und gerade das Gesicht der Figur näher untersuchte.

«Er ist der Sieg», erklärte Gabriel. «Der zu Stein gewordene Gedanke, dass alle Erfüllung darin läge, andere Menschen zu beherrschen. Sieg bedeutet Macht, und die Mächtigen glauben sich seit jeher vom Chef begünstigt. Wenn dieser Reiter loskommt, versinkt die Welt in Unterdrückung.»

Mir fiel auf, dass von jedem der vier Pferdehalfter eine massive, ebenfalls aus Stein gemeißelte Kette herabhing. Wer immer das vollbracht hatte, war wirklich ein überragender Meister seines Fachs gewesen. Jede Kette war an einem Steinring im Boden befestigt und wurde etwa in Augenhöhe von einer Art Schloss zusammengehalten.

«Das sind die Siegel», erklärte Gabriel. «Die Prophezeiung besagt, dass Reiter und Pferd zum Leben erwachen, wenn ein Siegel gebrochen wird. Insgesamt soll es sieben Siegel geben.»

«Dann sind die Jungs hier nur der Anfang?», fragte ich.

«Kann sein», meinte Gabriel. «Das Ende will ich mir lieber nicht vorstellen.»

«Soso», sagte Josh, und ich beobachtete mit Entsetzen, wie er an einem der Siegelschlösser herumfingerte.

«Josh, lass das!», rief ich. «Wir haben keine Ahnung, ob nicht doch…»

«Dieser Reiter soll die Menschheit in einen weltweiten Krieg stürzen», unterbrach mich Gabriel, der um sich herum nichts anderes mehr wahrzunehmen schien. Er deutete auf die zweite Statue, einen Kämpfer mit wehender Mähne, dem fast das halbe Gesicht in Fetzen vom Schädel hing und der mit einem überdimensionalen Schwert in der Hand nach vorne deutete, als wolle er eine unsichtbare Armee der Finsternis in den letzten, entscheidenden Kampf befehlen.

Josh hatte glücklicherweise von dem Siegel abgelassen und schwebte nun vor dem Gesicht des Kriegers hin und her.

«Der hat ganz schön was abbekommen», stellte er trocken fest und schwebte weiter zur nächsten Figur.

Auf dem dritten Pferd saß eine Gestalt, der die pure Gier ins Gesicht gemeißelt stand. Sie hielt eine Balkenwaage in der rechten Hand, mit der Linken zügelte sie ihr Pferd, das den Kopf mit wehender Mähne und aufgerissenen Augen in wildem Sturm herumriss. Um den Hals trug der Reiter eine Kette aus Münzen und am Gürtel hingen etwa zwei Dutzend Säcke, denen man ansah, dass sie mit Geldstücken gefüllt waren.

«Eine Waage…», bemerkte Henry. «Der soll doch nicht etwa die Gerechtigkeit sein?»

«Nein, er ist die Teuerung» erklärte Gabriel. «Der Verfall aller Geldwerte.»

«Ein Banker?», wunderte sich Rafael, der neben mir stand. Er hatte die Spitze seines linken Zeigefingers an die Lippen gelegt. «Also, ganz so übel sind sie dann ja doch nicht, finde ich.»

«Wenn Geld nichts mehr wert ist, versinkt die Welt im Chaos», klärte uns Gabriel auf. «Anarchie, Plünderung, Mord und Totschlag, nur um ein Stück Brot zu bekommen, sauberes Wasser, Kleidung oder ein Dach über dem Kopf.»

«Woher weißt du das alles, Gabriel?», wunderte ich mich.

«Wie ich schon sagte, haben meine Leute ziemlich intensiv recherchiert. Deshalb bin ich vorhin auch zu spät gekommen.»

Gabriel schwebte ein paar Schritte nach rechts, zu der letzten Figur.

«Der Tod», erklärte er überflüssigerweise. Das in Lumpen gehüllte Skelett mit seinem aus den dunklen Tiefen der Kapuze hervorstechenden irren Grinsen zeigte deutlich, um welche Branche es ging. Das Pferd wies trotz aller ungebändigten Kraft ebenfalls schon deutliche Verschleißerscheinungen auf. Fleisch und Fell lösten sich an Brust und Beinen in Fetzen von den Knochen. Sowohl der Umhang des Todesreiters als auch die Satteldecke und die Riemen des Pferdehalfters schienen aus miteinander verschmelzenden, grauenhaft verzerrten Gesichtern zu bestehen. Ich atmete tief durch. Gegen diese Jungs wirkte selbst Lou in seinen übelsten Phasen wie ein Erstsemester an der Schule für Dunkelheit und Grauen.

«Wenn ich über diese Kerle eine Abhandlung schreiben müsste», sagte Albert, «würde ich sagen, sie sind das Konzentrat alles Wahnsinns und sämtlicher dunkler Gedanken, die jemals gedacht wurden. Wenn die hier von der Leine gelassen werden, ist wirklich Schluss mit lustig.»

Gabriel drehte sich zu uns um und schien gleichzeitig wieder in unsere Realität einzutauchen. «Es gibt eine Offenbarung über diese Reiter», sagte er. «Aber wie es bei den meisten Voraussagen der Fall ist, weiß man nie, ob sie nicht nur der Fantasie entsprungen sind. Nach jener Weissagung sollen die Reiter, einer nach dem anderen, in die Welt kommen, auf dass die Menschen an ihnen scheitern oder lernen mögen. Ich habe jedoch Informationen darüber, dass Nummer Eins beabsichtigt, alle Siegel gleichzeitig zu brechen.»

«Das sieht ihm ähnlich. Er will immer die ganz große Nummer abziehen», sagte Mike.

Ich war im Geist schon bei der Analyse darüber, was wir tun konnten, um Lous Vorhaben zu verhindern.

«In gewisser Hinsicht ist Lou wie wir», sagte ich. «Er kann nichts anfassen und nichts bewegen. Wenn er die Siegel öffnen will, braucht er einen Schlüssel, und vor allem braucht er Hilfe von einem Menschen. Um seinen Plan zu verhindern, benötigen wir ebenfalls eine Sterblichen.»

«Nette Idee, aber wie soll das gehen?», meinte Henry. «Es müsste jemand sein, der uns sowohl sehen als auch hören kann. Ein Art Verbündeter.»

Wir sahen uns alle gleichzeitig an.

«Sharky», riefen wir, wie aus einem Mund.

Schlüsselfiguren

Um herauszufinden, wer den Schlüssel besaß, hatte Gabriel uns in das Vatikanische Geheimarchiv gebeten, wo wir im Augenblick zwischen zwei der unzähligen Regalreihen standen.

«Seht mal hier», sagte er. «In diesem Buch hat einer meiner Leute die Information gefunden.» Er deutete auf eine Schwarte, die aussah, als würde sie beim nächsten Versuch, sie anzufassen, zu Staub zerfallen. «Am besten, ihr lest selbst nach.»

Zum Glück sind Engelaugen in der Lage, ein Buch zu lesen, ohne es aus dem Regal zu nehmen. Dies nur am Rande, falls Sie sich fragen, warum acht Engel wortlos und in vorgebeugter Haltung vor einem Bücherregal im geheimsten Archiv des Vatikans stehen und wie blöde einen bestimmten Buchrücken anstarren.

«Mal sehen – apokalyptische Reiter… Tod und Verderben… Anfang vom Ende… Sturm des Grauens…», murmelte Mike vor sich hin. «Aha, hier steht's ja:

Und obschon es uns gelang, im letzten Augenblick,
zu verhängen einen Bann über der Menschheit Geschick,
und sich ein Siegel aus Liebe als Lösung fand,
so ist dies nicht von ewigem Bestand.

Nur so lange ruht der Schlüssel sicher und geborgen,
auf einem Herzen ohne jede Furcht und Gier und Sorgen,
wie dieser Mensch, als Vertreter Gottes auf Erden,
der Dunkelheit trotzt, ohne schwach zu werden.
Doch am Tage, da sich selbst dessen Herz entzweit,
und er den Herrn nicht mehr spürt, werden die Reiter befreit.»

«Klingt theatralisch», meinte Linguini. «Irgendwie verschraubt.»

«Wer hat das überhaupt geschrieben?», fragte Mike.

«Steht auf der dritten Seite», sagte Josh. «Bischof von Rom, Statthalter Jesu Christi, Nachfolger des Apostelfürsten Petrus, Patriarch des Abendlandes, Servus Servorum, Summus Pontifex, Pontifex Maximus Deusdedit, Adeosatus I.»

«Eine Autorengemeinschaft? Das hilft uns nicht wirklich weiter, oder?», meinte Linguini.

«Ihr seid echte Banausen», mischte sich Albert ein, der bislang wortlos und mit gerunzelter Stirn in das Buch gestarrt hatte. «Diese Titel bezeichnen den Papst».

«Alle?», entfuhr es Josh. «Das sind ja fast so viele, wie der Chef hat.»

Albert bedachte ihn mit einem strafenden Blick. «Wenn ihr auf der Akademie weniger Musik im Kopf gehabt hättet, wüsstet ihr, dass Papst Deusdedit auch Adeosatus I. hieß und 615 bis 618 gewirkt hat.»

«Aha», machte Josh nur.

«Seht ihr das Siegel auf dem Buchrücken?»

Wir nickten. Ein roter, ziemlich zerbröckelter Wachsklecks mit dem Abdruck zweier Buchstaben.

«Das war seine Erfindung», erklärte Albert. «Damals nannte man es *Päpstliche Bulle*.»

Langsam begann in mir etwas zu dämmern. Der Text über die Siegel der Apokalyptischen Reiter war von einem Mann verfasst worden, der als Erfinder des päpstlichen Siegels galt.

«Scheint wohl ein Versiegelungsexperte gewesen zu sein», warf ich ein, ein wenig von der Hoffnung getrieben, dass Albert meinen Geistesblitz würdigen und den Gedanken sinnvoll fortführen würde.

«Und was nun?», fragte Henry.

«Versteht ihr denn seinen Hinweis nicht?» Albert blickte, um Verständnis ringend, in unsere Runde aus Dilettanten, die ihm wohl niemals das intellektuelle Wasser reichen würden. «Der Schlüssel zu den Siegeln hängt um den Hals eines Mannes, der als der Vertreter Gottes auf Erden gilt.»

«Ah so», machte Josh.

«Na klar», sagte Henry.

«Kein Zweifel», bestätigte Rafael.

«Da kommt dann wohl nur einer in Frage», resümierte Mike, und wir alle starrten erst ihn und dann Albert fragend an. Ich denke, keiner von uns hatte eine Ahnung, wer gemeint war.

«Na, endlich, ich dachte schon, ihr versteht es nie.» Albert atmete erleichtert aus, aber unsere Blicke waren eine deutliche Aufforderung an ihn, weiterzusprechen.

«Die Frage ist also, wie wir an seinen Hals kommen und den Schlüssel entwenden können, ehe Lou es schafft.» Er blickte in unsere Runde. «Irgendwelche Ideen?»

Ich räusperte mich. «Albert, wir sind noch nicht völlig sicher, wen du meinst.»

Albert glotzte mich an. In seinem Gesicht spiegelten sich Verwunderung, Enttäuschung und eine Spur von der Erkenntnis wider, dass er wohl für immer und ewig alleine sein würde, in einem Universum voller Engel, die lieber Musik machten und Bier tranken, als Rätsel zu lösen.

«Der Papst», sagte er schließlich leise. «Was dachtet ihr denn?»

«Dann lagen wir ja alle richtig», warf Josh schnell ein und klatschte in die Hände. «Prima! Jetzt brauchen wir nur noch einen Plan.»

«Also, wenn ich das richtig verstehe», sagte ich, «dann trägt der Papst den Schlüssel zu den Siegeln der Apokalyptischen Reiter um seinen Hals. Wenn es Lou gelingt, den Papst in die Dunkelheit zu stürzen, wird dieser in den Keller gehen und die Pferde losmachen. Richtig so weit?»

«Klingt logisch.» Albert nickte.

«Aber warum sind die nicht schon lange frei?», fragte Josh. «Ich meine, es wird doch in den letzten tausendvierhundert Jahren mindestens einen Papst gegeben haben, der nicht ganz astrein war, oder?»

«Und wenn es keine hinreichende, sondern eine notwendige Bedingung ist?», überlegte Albert.

«Hey, bitte so, dass wir mitkommen.» Henry knuffte Albert mit dem Ellenbogen in die Seite. Man sah den beiden an, dass sie in der Akademie einige Klassen lang nebeneinander gesessen hatten.

«Es ist eine Art Rätsel, Leute», erklärte Albert. «Steht in dem Text, dass Lou einfach irgendeinen Papst kontrollieren könnte, damit sich die Siegel öffnen? Nein, es muss ein *Vertreter Gottes auf Erden sein, mit einem Herzen ohne jede Furcht und Gier und Sorgen.*»

«Albert, das ist mir zu hoch.» Ich schüttelte den Kopf.

Albert sah uns triumphierend an. «Ich bin mir ganz sicher, dass es nicht reicht, dass irgendjemand einen speziellen Schlüssel in die Siegelschlösser steckt und herumdreht. Das ist Lous Problem. Es muss ein ganz bestimmter Mensch sein.»

«Der Auserwählte», flüsterte Josh.

«Jetzt mach es mal nicht so dramatisch, Josh», wies ich meinen Freund zurecht. «Wir sind hier nicht in Kino.»

«Das könnte der Grund sein, warum die Reiter noch immer erstarrt sind», warf Rafael ein. «Möglicherweise gab es seit dem Bann noch keinen Papst, der so rein und unschuldig war, wie der Text fordert.»

«Ich finde, wir sollten zunächst die Papsthypothese überprüfen», schlug Albert vor. «Nachgucken, ob der Heilige Vater den Schlüssel wirklich besitzt», ergänzte er, auf meinen fragenden Blick hin.

«Gut, das übernehme ich», sagte ich. «Falls Lou schon da ist, bin ich der Einzige, der ihn sehen kann.»

Um es kurz zu machen: Er hatte ihn! Aber er hing nicht die ganze Zeit um seinen Hals. Nachts lag er unter dem Kopfkissen, und wenn der Heilige Vater sein wöchentliches Bad nahm, lag er in einer kleinen goldenen Schatulle, die mit schwarzem Samt ausgekleidet war. Nur bei Anlässen wie Massagen oder Friseurbesuchen legte der Papst die Kette mit dem kleinen goldenen Schlüssel auf einen Tisch. Das war die einzige erkennbare Lücke im System, bei der *unser Mann* – so nannten wir Sharky inzwischen auf eine Empfehlung von Gabriel hin – hätte ansetzen können.

Hoffentlich konnte unser Mann Haare schneiden. Oder wenigstens ein wenig massieren.

Sharkys Wunder

«Ich soll dem Papst einen Schlüssel klauen?» Sharky kaute auf einem Stück Apfel herum, das er gerade aus einem Mülleimer neben dem Eingang des Zoos im Central Park gefischt hatte.

«So habe ich es nicht ausgedrückt», sagte ich. «Viel eher sollst du die Menschheit vor dem Untergang bewahren, Sharky.»

«Trotzdem wollt ihr, dass ich was klaue, oder?»

«Es wäre nur eine vorübergehende Eigentumsverschiebung», erklärte Henry.

«Ein Akt der Mitmenschlichkeit», ergänzte Gabriel.

«Du würdest ein Held werden. Der Erretter. Vielleicht sogar der Erlöser», fügte Josh hinzu.

«Das könnt ihr drehen, wie ihr wollt, klauen bleibt klauen, und ich klaue nix.» Sharky sah uns missmutig an.

«Und was ist mit Lous Dienstmarke?», startete ich einen schwachen Versuch, Sharkys Argumentation auszuhebeln.

«Die is' nich' geklaut. Wenn einer was wegschmeißt, gehört es niemandem mehr. Dann kann ich es nehmen.»

«Naja, eigentlich gehört der Schlüssel auch nicht wirklich dem Papst.»

Sharky sah mich durchdringend an. Ich hatte gerade einen Fehler gemacht, mich fast in eine Falle manövriert, und jetzt lauerte er. Sie wissen ja – Engel können nicht lügen, und ich war gerade dabei, eine faustdicke Schwindelei aufzubauen. Noch nicht vollendet, aber auf dem Weg dazu. Natürlich bemerkten es die Jungs es ebenfalls sofort, und alle starrten mich mit zusammengepressten Lippen an.

«Er hat ihn nur bekommen», sagte ich. «Von seinem Vorgänger, aber dem gehörte er auch nicht.»

Die Jungs nickten mir aufmunternd zu, während mich Sharky mit im Mundwinkel sichtbarer Zungenspitze und in Falten gelegter Stirn anstarrte.

«Dieser Schlüssel gehört nämlich…» Ich schluckte und schickte ein Gebet nach oben. Die Jungs wichen zurück, und ich spürte, wie jeder darauf wartete, ob ich die Kurve kriegen würde. «…dem Chef. So wie alles auf dieser Erde.»

Das war haarscharf gewesen, aber ich hatte es geschafft. Klar, mit einer Binsenweisheit, auf die ich nicht stolz zu sein brauchte, aber immerhin hatte ich nicht gelogen.

«Aha», machte Sharky, biss noch zweimal ab und warf den nunmehr ordentlich abgenagten Apfelbutzen zurück in den Mülleimer.

«Genauso ist es», bestätigte Linguini, und die Jungs nickten zustimmend.

«Na, von mir aus. Und wann geht's los?», fragte Sharky.

Wir hatten einen Plan! Wieder einmal. Aber diesmal war er ziemlich gut, und noch dazu hatten wir einen menschlichen Verbündeten, soweit man Sharky wirklich zu den Menschen rechnen konnte. Auf jeden Fall sah unser vorläufiger Plan folgendermaßen aus: Wir mussten Sharky von New York nach Rom bringen. Punkt.

Um einen Mann ohne anständige Oberbekleidung – von dem Darunter ganz zu schweigen, aber das spielte im Augenblick keine Rolle –, ohne Reisepass oder sonstige behördlich anerkannte Ausweisdokumente, der zudem keinen Pfifferling besaß, nach Rom zu bringen, und zwar *subito*, wie Linguini es treffend ausdrückte, war mindestens ein Wunder nötig. Oder zumindest ein Flugzeug, was ganz klar bedeutete…

«Wir brauchen Geld», stellte Henry fest, «und zwar eine Menge, weil Sharky vielleicht ein paar Hindernisse aus dem

Weg räumen muss, vor allem bezüglich seiner Ausweispapiere.»

«Was machen Menschen, um schnell an Geld zu kommen?», überlegte ich laut.

«Nun, sie klauen es oder sie betrügen andere. Nur mal als Beispiel», fasste Gabriel seine Erfahrungen als Spezialist für die schweren Jungs zusammen.

«Oder sie heiraten und lassen sich gleich wieder scheiden», erklärte Linguini. «Ist aber besser, wenn man dafür eine Frau ist», fügte er mit einem kurzen Blick auf Sharky hinzu, der inzwischen ein paar Schritte von uns entfernt in der Sonne saß und ein Loch in seiner Socke mit einem Stück Klebeband reparierte.

«Viele lassen sich auch bestechen», sinnierte Josh, und ich konnte mir fast bildlich vorstellen, wie er im Geist eine Liste seiner Lieblingspolitiker abspulte.

«Habt ihr denn nichts anders im Kopf als Lug und Betrug?», unterbrach ich den Diskurs. «Ich will wissen, was anständige Menschen machen, wenn sie Geld brauchen.»

Für eine Weile kehrte Stille ein. Jeder durchwühlte seine Erinnerungen.

«Ich hab's», sagte Albert schließlich. «Sie arbeiten!»

Wir sahen alle gleichzeitig zu Sharky hinüber, der inzwischen seine Socke wieder angezogen hatte und gerade die Beweglichkeit seiner Zehen unter dem Klebeband prüfte.

«Das können wir völlig vergessen, Jungs», erklärte Josh, und ich denke, wir waren uns selten so einig wie in diesem Augenblick.

«Eine Menge Menschen spielen Lotto», meinte Mike plötzlich.

«Und wie viele gewinnen so viel, dass sie einen Pass kaufen und nach Rom fliegen können?», wollte ich wissen.

«Nicht so viele, glaube ich», sagte Mike, »aber wenn einer mal richtig gewinnt, ist es für alle wie ein Wunder.» Er sah uns mit verschwörerischem Blick an. «Und für Wunder bin ich zuständig.»

Um es kurz zu machen: In der Ziehung vom Sonnabend gewann Sharky zweiundzwanzigmillionensiebenhundertachtundfünfzigtausenddreihundertundvier Dollar und acht Cent. Bei einem Einsatz, der dem Gegenwert von zehn leeren Getränkedosen entsprach.

Mike war fair gewesen und hatte den Jackpot, der über zweihundert Millionen betrug, auf insgesamt neun glückliche Gewinner aufgeteilt, alles Obdachlose und Sozialhilfeempfänger, was wenige Tage darauf für weltweite ‹Lotto-Wunder›-Schlagzeilen sorgte. Mikes Humor eben…

Es hatte ein kleines Problem gegeben, weil Sharky keine feste Adresse nachweisen konnte, aber Dank unserer Hilfe hatte er einen Wohnplatz im Obdachlosenasyl in der dreiundneunzigsten Straße bekommen, und das genügte. Unser Freund nahm seinen Geldsegen überraschend gelassen hin. Am Montagmorgen ging er zu einer Bank und eröffnete ein Konto – das erste seit siebzehn Jahren. Am Dienstagnachmittag zahlte er den Scheck darauf ein und wollte sich anschließend wieder auf seine Tour machen.

«Sharky, das brauchst du nicht mehr zu tun», erklärte ich ihm. «Du bist jetzt reich. Ich meine wirklich echt vermögend.»

«Na und?», entgegnete Sharky. «Das ist mein Revier und die Tour muss gemacht werden. Was meint ihr, was sonst mit den ganzen Dosen passiert?»

Na, was sollte wohl mit leeren Getränkedosen in Mülleimern geschehen? Ich hatte ehrlich gesagt keinen Schimmer.

«Sie werden vergraben und vergammeln und verschmutzen die Erde», erklärte Sharky. «Wenn ich sie einsammle, werden neue Dosen daraus gemacht. So läuft das mit leeren Dosen.»

Ich war beeindruckt! Sharky war ein Idealist, ein aktiver Grüner, ein ganz spiritueller Mutter-Erde-Liebhaber. Dass er bessere Gründe für seine Arbeit haben könnte als den schnöden Mammon, daran hatten wir noch nie gedacht. Waren wir doch immer der Meinung gewesen, Sharky sammle die Dosen, um sich seinen Lebensunterhalt zu verdienen. In Wahrheit aber war er ein Umweltschützer, beseelt vom höheren Sinn seiner Aufgabe. Wir tauschten stumme Blicke aus und nickten uns respektvoll zu. Ich wendete mich wieder unserem Freund zu, der gerade den Mülleimer neben einem Eisstand durchwühlte.

«Du hast jetzt viel Geld, Sharky», erklärte ich. «Mehr als du jemals ausgeben kannst. Du könntest jemanden einstellen, der deine Arbeit macht, während du mit uns nach Rom kommst.»

Albert nickte. «So etwas nennt man einen gemeinnützigen Verein, oder so ähnlich. Du wärest ein Ökoapostel, zudem noch einer, der anderen einen Job gibt. Ein wirklicher Wohltäter.»

«Was'n für'n Verein?», fragte Sharky, der unserem Gedankengang nur langsam folgen konnte.

«Zum Beispiel eine Schutzorganisation zur Rettung leerer Dosen im Central Park», erklärte Mike.

«Klingt gut», meinte Sharky, und zum ersten Mal, seit ich ihn kannte, entdeckte ich so etwas wie ein Lächeln in seinem Gesicht.

Erste Klasse

Als frisch gebackener Multimillionär hatte Sharky es wirklich schwer. Geld zu besitzen, noch dazu im völligen Überfluss, war eindeutig etwas, das seine Fähigkeiten überforderte. Und so war er in den folgenden Tagen auf unsere Unterstützung angewiesen, obwohl uns das nicht ganz leicht fiel, denn Sharky war ein sehr – nennen wir es – *selbstbestimmter Mensch*. Nur selten nahm er einen Rat an, und auf alles, was nach Anweisung klang, reagierte er wie ein Bienenallergiker auf den Vorschlag, eine Imkerei zu zertrümmern. Es erforderte all unsere Erfahrung und Liebe sowie ein gehöriges Maß an Diplomatie und Geduld, um Sharky zu überzeugen, dass ein Mann in seiner Position nicht mit einem verschlissenen Mantel, zerbeulten Hosen und löchrigen Schuhen zum Papst fliegen konnte. Und obwohl wir mit Engelszungen auf ihn einredeten, war ich froh, dass er am Ende wenigstens halbwegs vorzeigbare Kleidung trug.

Für uns alle war der Flug nach Rom eine Riesensache. Für Sharky sowieso, denn er hatte noch nie mehr Geld übrig gehabt, als für eine Busfahrt durch den Staat New York nötig gewesen wäre. Aber auch keiner der Jungs, mich eingeschlossen, war jemals länger in einem Flugzeug geflogen. Warum auch, wenn man schon mit einem Augenzwinkern zu jedem beliebigen Ort wechseln kann?

Wir beschlossen, dieses Erlebnis voll und ganz auszukosten, und Sharky buchte auf seinen Namen neun Plätze in der ersten Klasse. Wenn ihm das schon seltsame Blicke und schwierig zu beantwortende Fragen einbrachte, hätten Sie einmal das Gesicht der Stewardessen sehen sollen, als Sharky ihnen klar machte, dass alle seine Freunde auf den – scheinbar leeren – Sitzen ebenso zuvorkommend behandelt werden wollten wie er. Ich war überrascht, wie wenige unübliche Wünsche nötig waren, um von anderen Menschen vom reichen Mann zum Spinner heruntergesetzt werden. Unter dem Bordpersonal machten Vergleiche mit einer mir unbekannten Geschichte die Runde, in der ein Mann von einem unsichtbaren Riesenkaninchen begleitet wurde.

Im Verlauf des Fluges erkundigte sich Sharky mehrfach nach dem Werdegang der geleerten Getränkedosen an Bord, konnte jedoch von keinem der Flugbegleiter eine zufriedenstellende Auskunft bekommen. Er schrieb das Wort *Flugge-*

sellschaften in das kleine Notizbuch, das er sich gekauft hatte. Die Überschrift der Seite lautete:

Dosen für die Welt e. V.

Trotz dieser kleinen Widrigkeiten ließen wir es uns auf dem Flug richtig gut gehen. Zum ersten Mal kosteten wir Trüffel, Austern und echten Kaviar, natürlich unter genauer Beachtung von Sharkys und Linguinis Beschreibungen, denn wir konnten es ja nicht wirklich schmecken. Da Sharky jeden Alkohol außer Rotwein strikt ablehnte, mussten wir uns beim Champagner mit den Schilderungen begnügen, die Sharky der Stewardess abrang.

Alles in allem hatten wir einen Wahnsinnsspaß. Die Zeit verging wie im sprichwörtlichen Flug, und ehe wir es uns richtig gemütlich gemacht hatten, waren wir auch schon angekommen.

Rom! Lebendige Vergangenheit. Die ewige Stadt. Dieser Ort hat schon etwas tief Beeindruckendes. Wohin man blickt, nichts als jahrtausendealte Geschichte. Und Pizzerias, Trattorias, Bars und Ristorantes. Linguini geriet fast in Ekstase, und wir konnten ihn nur mit Mühe davon abhalten, sich aus unserer Gruppe zu verabschieden, um sich den offenbar unwiderstehlichen Düften hinzugeben.

Wir mieteten uns in einem kleinen, aber edlen Hotel in der Nähe der Vatikanstadt ein, und Sharky hielt erst einmal ein Schläfchen. Die Jungs und ich nutzen die Zeit, um den Papstpalast zu inspizieren und uns ein erstes Bild über die Lage zu verschaffen. Wir mussten feststellen, dass der Heilige Vater ähnlich gut abgeschirmt war wie der wichtigste Präsident der Welt. Die Wohnung des Kirchenoberhauptes lag im dritten Stock des Apostolischen Palastes, gleich neben der Sixtinischen Kapelle. Dennoch wäre es wahrscheinlich leichter gewesen, einen Kindergeburtstag in Fort Knox abzuhalten, als ungesehen in die Privatgemächer des Heiligen Vaters einzudringen. Schweizer Gardisten, wohin man sah, und wo die nicht waren, wimmelten in heilige Roben gekleidete Mitarbeiter aller Dienstgrade durch die Gänge. Die Wohnung des Papstes war hübsch und viel kleiner, als man es aufgrund der Stellung des Bewohners hätte vermuten können. Ein Schlafzimmer, ein Wohnzimmer, ein Besprechungsraum und ein Raum, in dem die zwei Nonnen schliefen, die dem Papst den Haushalt führten. Wir fanden heraus, dass die beiden Frauen um zehn Uhr zu Bett gingen, dass der Papst Dienstags und Freitags eine Massage bekam, Samstags Maniküre und Pediküre und jeden dritten Montag einen frischen Haarschnitt. Sonntagnachmittags gab es eine Messweinprobe der edelsten Tropfen aus den vatikanischen Gütern, nach der Abendmesse wurde eine kleine Vorlesestunde abgehalten, und mittwochs hatte sich ein Videoabend etabliert.

«Sharky, kannst du massieren?», erkundigte ich mich, als wir wieder zurück im Hotel waren.

«Massieren? Wen denn?»

«Den Heiligen Vater.»

«Was für'n Vater?»

«Heilig. Der Papst.»

«Nee, so was mach' ich nich'», sagte Sharky.

Ich erklärte ihm, was wir herausgefunden hatten, und schloss meinen Bericht mit der – zugegeben eher rhetorisch gemeinten – Frage, ob Sharky eine bessere Idee hätte, um an den Schlüssel zu kommen.

«Müllabfuhr», schlug er vor, ohne lange nachzudenken. «Einer muss doch bei denen den Abfall abholen.»

«Interessante Idee. In diese Richtung haben wir bisher noch nicht recherchiert», sagte ich.

«Müll entsteht überall, und irgendwer muss ihn immer wegmachen», erklärte Sharky.

«Naja, vielleicht haben die dafür einen heiligen Abfallservice. Ein Mönch oder so was», überlegte Josh.

«Verbrennen die selbst?», erkundigte sich Sharky.

«Was meinst du mit ‹verbrennen›?» Ich konnte unserem Freund nicht ganz folgen.

«Wenn sie nicht selbst verbrennen, muss der Müll da raus, und dann wird er abgeholt.»

«Also, ich glaube nicht, dass ein Müllmann ins Schlafzimmer des Papstes geht oder in sein Arbeitszimmer, die Küche oder auch nur sonstwie in die Nähe des Heiligen Vaters», meinte Gabriel.

«Ihr habt keine Ahnung, wohin Müllexperten gerufen werden», sagte Sharky. «Ich hatte mal so einen Fall von ansteckendem Mülldunst in der Kantine einer Bank. Die waren froh, dass ich gekommen bin und das weggemacht habe. Da waren auf einmal alle Sicherheitsvorschriften egal.»

«Mülldunst? Wann war denn das?»

«Ist schon 'ne Weile her», erklärte Sharky. «Ich war damals bei der Müllaufsicht. Umweltschutzbehörde, Abteilung Emissionsschutz. Ausführender Reinigungsfachmann.»

«Ein Spezialist für Gestank?», folgerte Albert.

«So ähnlich», sagte Sharky. «Also, was is'? Ich brauch' nur 'nen Ausweis und ein offizielles Papier.»

«Una buona idea», lobte Linguini, «aber wir sind hier in Italien und du sprichst kein Wort Italienisch. Das fällt sofort auf.»

Plötzlich durchzuckte mich ein Geistesblitz. Ich klatschte mir mit der flachen Hand gegen die Stirn. «Sharky, du bist doch Millionär! Multimultimillionär.»

«Na und?», sagte Sharky.

«Wenn du der Kirche eine großzügige Spende machst, bekommst du garantiert eine Privataudienz.»

Ich sah um Zustimmung ringend in die Runde. Die Jungs schienen es für eine gute Idee zu halten.

«Is' das so was wie Bestechung?» Sharky musterte mich misstrauisch.

«Auf keinen Fall, Spenden sind gang und gäbe in der Kirche», erklärte ich.

«Genau wie in der Wirtschaft, in der Politik und bei den schweren Jungs», ergänzte Rafael.

Josh nickte bestätigend. «Wenn die Spende großzügig genug ist, könnte es sogar eine sehr private Privataudienz werden. Eine Unter-vier-Augen-Audienz. Und dabei kommst du vielleicht an den Schlüssel ran.»

«Wie denn das?», fragte Sharky. «Soll ich vielleicht über ihn herfallen und ihm die Kette vom Hals reißen?»

«Wir werden dem Papst die Sache erklären und ihn bitten, den Schlüssel zu vernichten», sagte Albert. «Kein Schlüssel, keine Reiter, keine Reiter, keine Apokalypse.»

«Keine Apoküpse, keine Probleme», ergänzte Josh.

«Apokalypse», verbesserte Albert.

«Wir sollten recherchieren, wie teuer eine so spezielle Privataudienz ist», sagte Henry, «und dann geht Sharky zur Bank, hebt das Geld ab, kauft sich eine Krawatte und spricht beim Heiligen Stuhl vor.»

Sharky, der bis dahin auf dem Bett gelegen hatte, fuhr nach oben. Er machte eine abwehrende Handbewegung.

«Krawatte kommt nich' in die Tüte, und mit Stühlen spreche ich auch nich'. Bin ich blöd?»

«Sharky, wegen uns hast du im Lotto gewonnen – jetzt wird mal gemacht, was wir wollen», sagte ich streng und spürte die respektvollen Blicke der Jungs in meinem Rücken.

Sharky musterte uns der Reihe nach, stand auf und wischte sich mit einem Hemdärmel die Nase. «Von mir aus, dann geht ihr jetzt mal recherchieren und ich gucke mir den Park hier an.»

«Sharky, wir sind in Rom», sagte Mike, fast schon entsetzt. «Die ewige Stadt und die heiligste aller heiligen noch dazu. Ein Monumentalwerk der Menschheitsgeschichte. Kunst und Kultur im Konzentrat. Da geht man nicht einfach nur in einen Park.»

«Ich schon», gab Sharky zurück, zog seinen braunen Kaschmirmantel über, der seltsamerweise trotz seines sündhaft hohen Preises schon ausgebeulte Taschen aufwies, und verließ das Hotelzimmer. Irgendwo in seiner Kleidung schlugen zwei leere Dosen gegeneinander.

Wir machten uns an die Recherche.

Die Audienz

Eine Privataudienz bei einem Papst zu bekommen ist eine ausgesprochen schwierige Sache, besonders, wenn es sofort sein muss. Sharky brachte zwei Millionen Dollar in gebrauchten, unregistrierten Scheinen mit, und es dauerte immer noch acht Minuten, bis er die Zusage bekam. Es kostete eine weitere halbe Million, um die Audienz von drei Uhr nachmittags auf kurz nach zehn Uhr abends – die Bettruhezeit der beiden persönlichen Nonnen des Papstes – zu verlegen.

Der folgende Ort ist sehr wichtig, deshalb möchte ich, dass Sie ihn persönlich kennen lernen. Wenn Sie mich bitte kurz begleiten würden…

So, hier sind wir: Der Audienzraum des Heiligen Vaters. Einrichtung ist ja immer Geschmackssache, aber teuer war es bestimmt. Die vielen Originalgemälde mit Heiligen, die zugegebenermaßen nicht immer völlig schlechten Engelsdarstellungen, die diversen Amtsinsignien und dann natürlich noch die Herrenoberbekleidung des Pontifex Maximus selbst – edles Leinen, Goldbrokat, Samt und Seide, wohin das prüfende Auge blickt.

In dieser vor Heiligkeit sprühenden Umgebung saßen wir nun: Sharky, in etwas bockiger Laune wegen seines dunkelbraunen Anzugs, des weißen Hemds und vor allem wegen der Krawatte, die wir ihm verordnet hatten, hockte auf der Kante des päpstlichen Besucherstuhls. Ihm gegenüber, etwa zwei

Meter entfernt, der Papst, auf einem kleinen Podest, in einem vergoldeten, thronartigen Sessel, der sicher schon etlichen Vorgängergenerationen als Machtsymbol gedient hatte. Dahinter, in respektvollem Abstand, lauerten mit Wachhundblicken zwei persönliche Assistenten, deren Dienstgrad ich nicht bestimmen konnte. Meine Jungs drückten sich vor einem Bücherregal am anderen Ende des Raumes herum, um Sharky nicht abzulenken. Ich selbst schwebte direkt neben Sharky und soufflierte ihm. Wir hatten unserem Freund mehrfach eingebläut, ausschließlich das zu wiederholen, was ich ihm vorsprach, und nach einigem Widerstand hatte er eingeschlagen.

Der Papst saß also auf seinem Heiligen Stuhl und ließ seine Hand mit dem großen, goldenen Siegelring demonstrativ über die Armlehne in Sharky Richtung baumeln.

«Du musst jetzt seinen Ring küssen», flüsterte ich in Sharkys Ohr. «Am besten, du kniest dich vor ihm hin.»

Sharky starrte die Hand des Papstes an, als hätte sie Lepra. «Ich soll seine Griffel küssen? Spinnt ihr jetzt, oder was?», beschwerte er sich lauthals.

Als hätte Sharky gerade ein Messer gezogen, machten die Assistenten einen Satz nach vorne. Der Papst hob beschwichtigend seine Hand, womit sie auch die für Sharky so bedrohliche Position verließ. Die Assistenten rückten ihre Kappen zurecht und begaben sich zurück in ihre Ausgangspositionen.

«Was führt dich zu mir, mein Sohn?», erkundigte sich der Papst mit sanfter Stimme.

«Ich habe Kummer auf dem Herzen, Eure Heiligkeit, aber die beiden Männer hinter Euch machen mir Angst und verhindern, dass ich offen darüber sprechen kann», flüsterte ich Sharky ins Ohr.

«Die da müssen raus!», sagte Sharky und deutete auf die Assistenten.

«Du sollst gefälligst genau wiederholen, was ich dir vorsage», wisperte ich in sein Ohr. «Keine eigene Geschichte, hörst du? Du hast es versprochen.»

«Jaja, schon gut», murmelte Sharky.

Der Papst warf einen kurzen Blick hinter sich, um sich Sharky stirnrunzelnd zuzuwenden.

«Wir können meinen Sekretären absolut vertrauen», versicherte er. «Sie stehen seit vielen Jahren in den Diensten des Heiligen Stuhls und können absolut jedes Geheimnis für sich bewahren.»

«Ich habe mein Vermögen vor allem durch äußerste Diskretion erworben», flüsterte ich.

«So ein Unsinn», sagte Sharky, was zu Folge hatte, dass sowohl der Papst als auch seine Geheimsekretäre mit erhobenen Augenbrauen zurückzuckten. Ich knuffte Sharky kräftig an die Schulter und glaube, er spürte es sogar.

«Ich habe mein Vermögen durch äußerste Diskretion erworben», wiederholte er widerwillig.

«Deshalb bevorzuge ich es auch, über meine Sünden äußerst diskret zu sprechen», gab ich vor.

«Ich will unter vier Augen beichten», grummelte Sharky. Er brachte mich gerade ein wenig zu Verzweiflung.

Der Papst zuckte mit den Schultern und drehte die Handflächen gen Himmel.

«Na gut», sagte er, winkte seine Assistenten nach draußen und wartete, bis die Tür wieder geschlossen war. «Und über was willst du mir berichten, mein Sohn?»

«Große Gefahr für die Menschheit steht an», sagte ich.

«Große Menschheitsgefahr», wiederholte Sharky fast korrekt.

«Sharky, wenn du nicht sauber nachsprichst, geht unser Plan den Bach runter», zischte ich in sein Ohr.

Sharky brummelte irgendetwas, und der Papst sah aus, als würde er langsam, aber sicher grundlegende Zweifel am Geisteszustand seines Besuchers hegen.

«Also gut, große Gefahr für die Menschheit steht an», sagte Sharky nörgelig.

«Wir brauchen die Hilfe des Heiligen Stuhls», flüsterte ich in Sharkys Ohr.

«Des was?»

«Sag es einfach!»

Sharky wiederholte.

«Ach ja?», meinte der Papst und wirkte dabei, als würde er gleich einen versteckten Knopf drücken, um seine Schweizer Leibgarde hereinzurufen und diesen verrückten Millionär rauswerfen zu lassen. Lediglich ein kurzer Blick in Richtung der auf dem Schreibtisch aufgestapelten Dollarbündel schien ihn davon abzuhalten.

«Ich habe eine Eingebung erhalten, und ich muss sie an Euch weitergeben, Eure Heiligkeit», sagte ich und atmete erleichtert auf, als Sharky mir das wörtlich nachsprach.

Der Papst wirkte noch immer irritiert, beugte sich jetzt aber interessiert nach vorne.

«Der Unaussprechliche plant die Reiter der Apokalypse zu befreien. Die einzige Möglichkeit, dies zu verhindern, ist die Zerstörung des Schlüssels, den Ihr um Euren Hals tragt», wiederholte Sharky meine Ansage fast fehlerfrei.

«Der Unaussprechliche…? Ich verstehe nicht ganz», sagte der Papst.

«Nummer Eins», wisperte ich.

«Der Einser», sagte Sharky.

Der Papst runzelte verständnislos die Stirn.

Ich seufzte. «Diabolus, Mephisto, Mephistopheles, Luzifer, Satan, Beelzebub, der große Versucher, der Widersacher, Höllenfürst, Antichrist, Erbfeind, das Böse persönlich, der Leibhaftige, der Gehörnte,…»

«Schon gut, schon gut», unterbrach mich Sharky mit einem Blick in meine Richtung. «Er steht nur ein wenig auf dem Schlauch.»

Er sah den Papst an, wie ein Kind, dem man die Sache mit den Bienen und den Blüten erklären will.

«Diabolus, Mephisto, Mephistopheles,...», begann er.

Ein ohrenbetäubender Knall unterbrach ihn, und in einer dunkelgrauen Rauchwolke erschien Lou.

«... ist schon zu Stelle, wie immer, wenn man seinen Namen nennt!», rief er mit theatralischer Stimme. «Schluss jetzt mit dem frommen Gesülze!»

Er sprang mit einem Satz hinter den Heiligen Thron und krallte sich durch die Lehne hindurch, mit seiner Rechten am Rücken des Papstes fest.

«Wir zwei machen jetzt die Pferdchen los.»

Die Mine des Papstes war maskenhaft und leer geworden, ähnlich dem eines Schlafwandlers oder eines Präsidenten bei der Schreibtischarbeit.

«Lou, hör sofort auf damit. Wir sind acht zu eins. Das schaffst du nie», drohte ich. Die Jungs hatten sich augenblicklich um den Päpstlichen Sessel geschart, wagten aber nicht, etwas zu tun, weil sie nicht genau wussten, wo sich Lou befand und was vorgefallen war.

«Da solltet ihr mal nicht allzu sicher sein, Leute», spöttelte Lou. «Wenn ihr meinen Freund hier berührt, während ich an ihm dran bin, könnte das für sein Herz sehr unangenehm enden.»

Damit hatte er leider Recht. Wenn unsere Liebe gleichzeitig mit der Dunkelheit Lous das Herz eines Menschen berührte, konnte das schlimmstenfalls sogar ein Job für Henry und seine Abholer werden. Da wir dieses Risiko unmöglich eingehen durften, konnten wir nicht an den Papst heran, solange Lou seine Hand auf dessen Rücken hatte.

«Sharky, nimm dem Heiligen Vater den Schlüssel ab! Dagegen kann Lou nichts machen», sagte Josh.

«Kann ich sehr wohl!», kreischte Lou und packte ein wenig fester zu. Der Papst zuckte zusammen. Er sah im Augenblick nicht sehr glücklich aus.

«Okay, Jungs, Finger weg!», befahl ich. «Wir müssen warten, bis Nummer Eins einen Fehler macht.»

Ich hatte in Psychologie recht gut aufgepasst und erinnerte mich, dass man umso leichter Fehler machte, je mehr man sie zu vermeiden suchte.

«Ich mache keine Fehler, niemals», kreischte Lou. «Der einzige Fehler war, mit dir ein Bier zu trinken und zu glauben, dass du mein Freund bist.»

«Lou, meine Freundschaft war ehrlich gemeint», entgegnete ich. «Was immer du auch tust, du bist einer von uns! Wir haben nichts gegen dich, nichts Persönliches, meine ich. Es ist nur dein Job, der eben zufällig mit unserem Job kollidiert, mehr nicht. Also lass jetzt bitte den armen Mann los, und wir gehen einen kippen.»

«Ihr denkt immer nur ans Saufen, Spaß haben und Rumhängen. Genießen ist wohl alles, was ihr könnt!» Lou spuckte uns die Worte förmlich entgegen. Aus seinem Gesicht sprachen Hass und Verachtung. «Aber ich habe höhere Pläne, ich werde etwas bewegen. Ich habe einen höheren Sinn im Leben, ganz im Gegensatz zu euch Nullen.»

«Erstens bist du auch eine Null, und was für eine», entgegnete Albert trocken, «und zweitens sind Genuss, Freude und Liebe der Sinn des Daseins.»

«Ich werde es genießen, dabei zuzusehen, wie eure Parks und Bars und Kinos den Bach runtergehen», gab Lou in gehässigem Tonfall zurück.

Er dirigierte seinen Schützling zur Tür und auf den Gang hinaus. Die beiden Geheimsekretäre, die vor der Tür gewartet hatten, sprangen von ihren mit rotem Samt gepolsterten Stühlen auf, doch der von Lou geführte Papst winkte ab. Es gab eine kurze Diskussion, in der der Heilige Vater mit tonloser Stimme und marionettenhaften Bewegungen anwies, ihn und seinen spendierfreudigen Besucher auf dem Rundgang durch die Amtsgemächer alleine zu lassen. Nach einigem Widerstand gaben die Assistenten schließlich auf und zogen sich zurück, nicht ohne ihr Oberhaupt mit einigen Salven misstrauischer Blicke bedacht zu haben.

Mitternacht war nicht mehr weit, und der Trakt mit den Diensträumen des aktuellen Servus Servorum lag verlassen da. Man konnte sagen, was man wollte, aber Lou hatte professionelle Vorarbeit geleistet. Er kannte sich bestens aus und dirigierte sein Opfer in einen Saal, dessen hauptsächliche Einrichtung aus der größten Festtafel bestand, die ich jemals gesehen hatte. Ich schätzte, dass sich über hundert Stühle um den mit Blattgold und Blumenschnitzereien verzierten Tisch scharten. Offenbar wurden hier Staatsbankette abgehalten. Zwischen zwei Säulen hing ein großer, in Gold gerahmter Spiegel, der von zwei Wandleuchtern in Form von Glühbirnen haltenden Engelchen flankiert wurde. Lou bewirkte, dass der Papst einem der Engel den rechten Flügel umdrehte – was uns alle mit schmerzverzerrten Gesichtern zusammenschrecken ließ -, und mit einem leisen Klicken gab sich der Spiegel als Geheimtüre zu erkennen. Direkt hinter dem Durchlass schraubten sich ausgetretene Steinstufen spiralförmig in die Tiefe.

Uns allen voran ging der Papst mit Lou am Rücken, gefolgt von mir und Sharky und den Jungs. Unsere schweigende Prozession wand sich, begleitet von den schlurfenden Schritten der beiden Menschen und dem leicht goldenen Schimmern von uns Engeln, im trüben Licht vereinzelter Glühbirnen die scheinbar endlose Treppe in das Mysterium unterhalb des Vatikans hinunter. Es dauerte eine ganze Zeit, und Sharky schimpfte schon über einen Drehwurm, ehe wir den Fuß der Treppe erreicht hatten und am Anfang eines engen, niedrigen Ganges standen.

Sharky hustete. «Die sollten hier mal lüften.»

«Ich denke nicht, dass es in dieser Tiefe noch Fenster gibt», entgegnete Albert.

«Das war ein Witz, Albert», erklärte Josh. «Sharky hat nur Spaß gemacht.»

«Die Luft ist wirklich mies, das ist ernst gemeint.» Sharky atmete schwer. «Ich will das jetzt schnell über die Bühne bringen, und dann gehe ich zurück in den Park.»

Wir setzten uns wieder in Bewegung, aber weil der Papst nicht mehr der Jüngste war und augenblicklich auch in keinem besonders dynamischen Zustand, kamen wir nur langsam voran.

«Macht bloß keine Faxen», schnauzte Lou uns plötzlich an, als der Heilige Vater gerade wieder eine Atempause einlegen musste.

«Wir tun doch gar nichts», verteidigte ich uns.

«Ich meine das nur vorsorglich», erklärte Lou.

«Nummer Eins, du bist nervös, das ist verständlich», sagte Albert.

«Er hat Lampenfieber», meinte Josh, «wie alle großen Künstler.»

«Lampenfieber?», wiederholte Lou. «Was soll denn das sein?»

«Wenn man supernervös ist, vor allem vor großen Auftritten», erklärte ich. «Das hier ist doch dein großer Auftritt, oder?»

«Schon, aber was soll das mit dem Fieber?»

«Es bewirkt, dass man plötzlich alles vergisst. Blackout. Spontane innere Leere», sagte Mike. «Typisch für Kreative und Künstler auf aller Welt, zu allen Zeiten. Mach' dir nur keine Gedanken.»

«Du bist doch ein Künstler, nicht wahr?», fragte ich.

«Nun ja, ich muss zugeben, dass meine Arbeit ästhetische Aspekte einschließt, und kreativ bin ich ganz bestimmt», sagte Lou und kratzte sich an der Stirn.

«Siehst du, also doch Lampenfieber!», sagte ich.

«Schluss damit!», rief Lou und schubste den Papst zum Weitergehen an. «Von wegen Lampenfieber – ihr spinnt ja alle!»

Unsere unheilige Prozession setzte sich wieder in Bewegung. Die Wände zu beiden Seiten waren in regelmäßigen Abständen vom Rauch der Fackeln aus Jahrhunderten, vielleicht sogar Jahrtausenden geschwärzt. Irgendwann weitete sich der Gang, und wir erreichten die Höhle der Apokalyptischen Reiter.

«Mach mal einer Licht an», forderte Sharky. Albert hatte den Schalter als erster gefunden und dirigierte Sharky dorthin. Etwa ein Dutzend Glühbirnen flammte müde auf und warf mehr Schatten als Licht auf die entsetzlichen Statuen.

Zum ersten Mal, seit ich ihn kannte, bemerkte ich auch bei Sharky einen Funken von Entsetzen.

«Verdammt, was ist denn das für'n Zeugs!», rief er.

Lou kicherte heiser. «Nicht übel, oder?»

Siegelbruch

Der Papst an Lous Hand wurde von einem Hustenanfall geschüttelt und schwankte bedenklich, als Lou ihn zu dem ersten Reiter lotste. Der Abstieg und die schlechte Luft hatten den alten Mann offenbar ziemlich geschwächt.

«Und jetzt, liebe Anwesende», verkündete Lou mit seiner theatralischsten Stimme, «lade ich Sie ein, der Entfesselung des Bösen beizuwohnen. Werden Sie Zeugen eines einzigartigen, eines unglaublichen, ja eines weltbewegenden Ereignisses der Menschheitsgeschichte, präsentiert von Lou, der absoluten Nummer Eins!» Er machte eine weitschweifige Geste zu einem imaginären Publikum, von dem wir offenbar ein Teil waren.

«Lou, lass die Finger von den Siegeln», rief ich, doch es war zu spät. Lou hatte den Papst dazu gebracht, den Schlüssel in das Schloss an der Kette des ersten Reiters zu stecken. Er warf mir einen höhnischen Blick über die Schulter zu und ließ sein Opfer den Schlüssel umdrehen. Das Schloss knirschte leise, und wir erstarrten vor Entsetzen. Totenstille in der Höhle. Alle glotzen auf den finsteren Reiter und sein Pferd.

Und warteten…

Und warteten…

Und nichts geschah.

Lou rüttelte wie ein Wahnsinniger an der Steinkette, zappelte daran hin und her wie ein Fisch am Haken, schaffte es aber nicht einmal, dass sie sich auch nur einen Hauch bewegte.

«Na los!», kreischte er, völlig außer sich, und boxte gegen die Brust des Pferdes. «Hüa, alter Bock!»

Aber die Statue rührte sich nicht.

«Es ist doch nur ein Denkmal!», rief Albert freudestrahlend. «Eine ganz normale Steinfigur.»

«Una scultura grande», bestätigte Linguini und rieb sich die Hände.

Plötzlich ging eine Veränderung in Lou vor. Er beruhigte sich schlagartig, ließ von der Kette ab und schwebte zu Sharky hinüber, der bislang der Szene ziemlich gleichgültig beigewohnt hatte.

«Okay, Schluss mit dem Theater. Mach sie los!», zischte er.

«Wie?», meinte Sharky.

Lou stand jetzt direkt neben ihm, seinen Mund dicht an Sharkys Ohr. «Du hast die Macht, denn du hast den Schlüssel», sagte er mit süßlicher Stimme.

«So'n Unsinn», sagte Sharky.

«Kein Unsinn, mein Freund. Er hängt um deinen Hals.»

Wir bedachten Sharky mit ebenso überraschten Blicken, wie er uns. Er nestelte an der dünnen goldenen Kette, die ich seit einiger Zeit um seinen Hals bemerkt hatte, und zog einen Anhänger hervor. Die goldene Oberfläche glänzte im trüben Licht der Höhle.

«Nullnulleins», las Linguini laut vor.

«Lous Dienstmarke», flüsterte ich.

«Von wegen Dienstmarke», sagte Lou. «Das ist der Schlüssel zur Unsterblichkeit, ihr ahnungslosen Gimpel.»

Sharky sah ein wenig verständnislos drein. «Wieso'n das?»

«Weil er die Macht über Leben und Tod verleiht. Egal, was du jetzt tust, Kamerad, du wirst in die Geschichte eingehen, wirst der Herrscher über die Welt werden. Unvergesslich. Einzigartig!»

«Wie denn das?» Sharky hatte die Kette abgenommen und wiegte den Anhänger in der Hand.

Lou deutete in Richtung der vier Reiter. «Dies sind deine Vasallen, mein Gefährte. Wer sie befreit, dem gehorchen sie, und wem sie gehorchen, dem gehört die Welt. Ich schenke dir die Welt.»

«Woher willst du das wissen Lou?», unterbrach ihn Albert. «Es sind nur Steinfiguren…»

«Die ich geschaffen habe, ihr Ignoranten!», jubelte Lou. Er war während der letzten Minuten ganz eindeutig gewachsen und jetzt sogar einen Kopf größer als Henry. Seine Augen funkelten wie gelbe Edelsteine, die spitzen Zähne blitzen zwischen den grauen Rauchwolken hervor, die aus seinem Mund qualmten.

«Du? Ein Bildhauer?», wunderte sich Josh.

«Du bist doch wirklich der Dümmste von allen!», fuhr Lou ihn an. «Diese Reiter sind das zu Stein erstarrte Böse aus Jahrtausenden. Ich habe es hier gesammelt, geordnet und geformt. Dies ist meine ganz private Schatzkiste, der Lohn meiner einsamen Arbeit, zusammengetragen seit dem Anfang der Ewigkeit.» Er wendete sich wieder Sharky zu. «Und du hast jetzt die Macht darüber, mein Freund. Gehe hin und nutze sie.»

Sharky wirkte abwesend. Mit glasigem Blick starrte er auf den Anhänger in seiner Hand, dann machte er ein paar Schritte auf das erste Siegel zu.

«Sharky, tu das nicht!», rief ich.

Er musterte erst das Siegel eingehend, dann näherte er sich ihm mit dem Schlüssel. Ich stand links neben Sharky und Lou rechts. So hatte jeder ein Ohr.

«Das ist ein Test, Sharky!», sagte ich. «Lou führt dich in Versuchung. Denk an die Liebe!»

«Hör nicht auf ihn! Hat dich jemals jemand geliebt?», fauchte Lou in Sharkys Ohr. «Siehst du? Vergiss die Liebe, jetzt hast du die Macht. Macht ist viel besser.»

Sharky hielt kurz inne und schien nachzudenken.

«Macht ohne Liebe ist die pure Dunkelheit», sagte ich. «Willst du zurück in die Dunkelheit, Sharky?

«Dunkelheit und Licht sind Teile desselben Ganzen», flüsterte Lou, «und das Ganze ist die Schöpfung, und die bin ich. Ich lasse dich daran teilhaben, mein einsamer Bruder.»

Sharky wischte mit beiden Händen an seinen Ohren vorbei, als wollte er Mücken verscheuchen.

«Könnt ihr beide vielleicht mal 'ne Weile aufhören mit dem Quatsch?», unterbrach er uns.

«Quatsch? Du bist dabei, die Welt zu vernichten», sagte ich.

«Lass ihn nur machen», kicherte Lou gehässig, «der weiß schon, was er tut».

«Ich brauch jetzt wirklich mal 'ne Auszeit», erklärte Sharky, «sonst…» Er pendelte mit dem Anhänger an seinem Zeigefinger hin und her, ließ aber seine Ankündigung unvollendet. Wir waren augenblicklich still, und mir kam der Gedanke, dass Sharky vielleicht soeben den Geschmack der Macht kostete. Er widmete sich wieder eingehend der Betrachtung der Reiter.

«Was können die denn so alles?», erkundigte er sich nach einer Weile, ohne Lou dabei anzusehen.

«Alles, was du willst», entgegnete Lou und konnte ein aufkommendes Siegerlächeln nur schwer unterdrücken.

«Auch Dosen einsammeln?»

Lou wirkte wie vor den Kopf gestoßen. «Äh, nein, ich glaube nicht.»

«Nicht?»

«Nein. Aber sie können andere Dinge», erklärte Lou eifrig.

«Und was?» In Sharkys Mine spiegelten sich Zweifel.

«Praktisch alles Wichtige – außer Dosen sammeln. Der da zum Beispiel», er deutete auf den vierten Reiter, den ich für mich den Sensenmann genannt hatte, «kann in nur drei Tagen jede beliebige Seuche über die ganze Erde verbreiten. Und dieser hier», Lou machte eine Geste zu dem zweiten Reiter, «richtet in einer Woche mehr Schaden an, als alle Armeen der Welt zusammen in einem Jahr.»

«Und was soll daran so toll sein?», wollte Sharky wissen.

«Du alleine hast sie unter Kontrolle», erklärte Lou. «Dafür wird die die Welt zu Füßen liegen. Oder du lässt sie einfach alle laufen, dann liegt die Welt auch deinen zu Füßen, nur eben kaputt. Du magst doch Müll, oder?»

Lous Argumentation nahm langsam seltsame Formen an. Ich spürte förmlich, wie sein Hochleistungsgehirn versuchte, Sharky in die Falle zu locken.

«Klingt schon logisch», sagte Sharky, schniefte und wischte sich mit einem Ärmel seines Viertausenddollarmantels die Nase ab. «Aber wenn sie keinen Müll sortieren können, kann ich sie nicht brauchen.»

«Aber das ist Wahnsinn!», rief Lou. «Warte mal –» Er hielt kurz inne. «Genau: Menschen machen Müll, und die Reiter beseitigen Menschen. Insofern sind die Reiter absolute Umweltschützer.»

Sharky stutzte. «Wirklich?»

Lou nickte heftig. «Ganz sicher. Keine Menschen – kein Müll.»

Das war nicht gut! Lou hatte sich in Windeseile auf Sharky eingeschossen. Unser Freund wog den Anhänger nachdenklich in seiner Hand, ließ das herunterhängende Stück Kette pendeln, kratzte sich am Hinterkopf und runzelte nachdenklich die Stirn.

«Sag mal, warum bist du eigentlich so spendabel zu mir?», erkundigte er sich schließlich.

«Weil ich dich mag, mein Freund», flötete Lou. «Du bist etwas ganz Besonderes, und das bin ich auch. Du bist einsam, ziehst dein Ding durch, egal, was andere davon halten, genau wie ich. Wir haben viel gemeinsam, wir zwei sind sozusagen Weggefährten.»

«Und warum dann das ganze Theater mit dem da?» Sharky deutete auf den Papst, der noch immer verständnislos dreinblickend zwei Meter neben dem Siegel des ersten Reiters stand.

Lou schluckte. Auf diese Frage schien er nicht vorbereitet gewesen zu sein.

Ich trat einen Schritt vor. «Weil er dich sonst niemals dazu hätte bewegen können, hier hinunter zu kommen», sagte ich laut. «Er hat keine Macht über dich. Nur wir konnten dich in den Vatikan locken. Lou hat uns alle als Statisten in seinem Drama vom großen Abgang benutzt, und dazu sollten wir seine Zeugen sein, damit wir der Nachwelt von seiner glorreichen Tat berichten.»

«Stimmt das?», fragte Sharky zu Lou gewendet. Zum ersten Mal, seit wir in der Höhle waren, sah er ihm geradewegs in die Augen.

«Ach was», sagte Lou schwach. Es schien fast, als würde Sharkys fordernder Blick ein Loch in sein Fass voller Selbstsicherheit bohren.

«Dann sag mal, warum der da hier ist.» Sharky nickte in Richtung des Heiligen Vaters.

«Na gut, das mit den Zeugen stimmt», gab Lou zu, «und wer ist schon glaubwürdiger als ein Papst?»

«Ich bin ja sowieso selbstständig», sagte Sharky, warf den Schlüssel ein wenig in die Luft und fing ihn wieder auf. «Aber für dich würde ich nie arbeiten, und wenn du die letzte Dose auf der Welt wärest.»

«Dose?», fragte Lou verwirrt. «Ich?»

«Das wirst du nie verstehen, Nummer Eins», sagte ich.

Lous Stimmung schlug jäh um. «Dann gib mir wenigstens den verdammten Schlüssel wieder!», rief er mit überschnappender Stimme.

«Glaub nich'», sagte Sharky.

«Sharky, der Schlüssel ist wirklich gefährlich», erklärte ich besorgt. «Wenn der eines Tages in falsche Hände kommt...»

«Lass mal, mit Müllbeseitigung kenne ich mich aus», beschwichtige mich Sharky. Er legte die Kette um seinen Hals und ließ den Anhänger in seinem Hemd verschwinden.

«Du wahnsinniger Penner!», kreischte Lou. «Das ist mein Lebenswerk!»

Er sprang auf Sharky zu, und anstatt zu versuchen, ihn mit der Kralle am Rücken zu berühren, schlüpfte Lou komplett in Sharkys Körper, indem er sich einfach an denselben Platz stellte. An das, was daraufhin geschah, habe ich nur noch bruchstückhafte Erinnerungen.

«Schnappt ihn euch, Jungs», rief ich. «Er ist in Sharky drin.»

Die Jungs reagierten sofort und schnellten von allen Seiten auf Sharky zu, in dem Versuch, Lou aus ihm hinauszustoßen. Ich sagte ja schon einmal, dass Engel und der Raum, den wir einnehmen, eine spezielle Sache sind. Auf jeden Fall waren einen Augenblick später sieben Engel und die Nummer Eins in Sharkys Körperraum. Sharky stand in einer golden pulsierenden Kontur aus Engelslicht und vibrierte gleichzeitig so heftig, dass es aussah, als würde er jeden Moment explodieren.

«Jungs, ihr bringt ihn um!», schrie ich.

Im selben Augenblick fiel Sharky um und landete bäuchlings auf dem felsigen Boden. Wo er eben noch gestanden hatte, waberte eine grelle Lichtsäule, in der ich abwechselnd Gesichter und Körperteile von Lou und den Jungs erkannte.

Sharky schien der Sturz nicht geschadet zu haben. Er drehte sich zur Seite und starrte die Lichtsäule hinter sich an.

«Jetzt reicht's mir aber wirklich», schimpfte er. «Ich hab das jetzt ehrlich satt.»

Er rappelte sich auf und schwankte ein wenig, bis er sein Gleichgewicht wiedergefunden hatte. Dann schlurfte er zum Papst hinüber, hakte sich unter einem Arm ein, und beide steuerten in Richtung des Durchlasses, durch den wir die Höhle betreten hatten. Als die Jungs und Lou merkten, dass Sharky verschwunden war, tauchte einer nach dem anderen aus der Lichtsäule auf.

«Was war denn los?», erkundigte sich Josh.

«Sharky und der Papst machen Schluss für heute», erklärte ich und deutete in die Richtung der beiden, die gerade in dem niedrigen Gang verschwanden.

«Verdammt, die ganze Arbeit für nichts und wieder nichts», fluchte Lou. Noch nie hatte ich ihn so kraftlos und deprimiert gesehen. Er stand mit hängenden Schultern ungläubiger Miene neben dem ersten Siegel. Das Musterbeispiel eines Verlierers, ein vom Schicksal Geschlagener, jemand, der im Pokerspiel um seinen Daseinssinn alles auf eine Karte gesetzt und verloren hatte, ein Fanatiker, dessen scheinheilige Vision gescheitert, ein Partygänger der Dunkelheit, dessen Strohhalm im Longdrink der Lebenskräfte für immer verknotet war. Kurz gesagt, Lou war am Ende.

Ich schwebte zu ihm hinüber und legte eine Hand auf den Oberarm. «Wie wäre es, wenn wir jetzt in Devil's Corner ein Bier trinken gehen, alter Junge? Oder auch zwei oder drei. Und dann…»

Lous Kopf zuckte nach oben, und seine dunkellila umrandeten Augen starrten mich hohl an.

«*Was und dann?*», fragte er mit einer Stimme wie ein Reibeisen, so als hätte ich ihm gerade seine Henkersmahlzeit angeboten.

«Und dann könnten wir zum Chef gehen, was meinst du?»
Lou nickte, erst mit kaum wahrnehmbaren Bewegungen, dann immer deutlicher.
«Zum Chef», wiederholte er. «Nach Hause. Von mir aus.»

Finale

Eigentlich hätte er ja gar nicht wirklich mitkommen müssen, und was Lou nach all unseren Bemühungen schließlich doch zum Einlenken brachte, weiß ich heute noch nicht genau. Vielleicht hatte er nach all dem sinnlosen Stress einfach nur die Lust an seiner Arbeit verloren, vielleicht aber hatten Sharkys Worte Wirkung gezeigt, und möglicherweise hatte Nummer Eins letztlich eingesehen, dass er sich mit seiner Arbeit den Ast absägte, auf dem er saß.

Nachdem die Sache mit den Reitern über die Bühne war, löste ich mein Versprechen ein und ging mit Lou ein letztes Mal zu Devil's Corner. Nach dem vierten Pils war mir ein wenig melancholisch zumute, obwohl jetzt eigentlich alles gelöst war. Vielleicht hatte es mir – nach den Jahrtausenden eintöniger Arbeit – irgendwie gefallen, endlich einen greifbaren Widersacher zu haben. Und ein Abenteuer war es allemal gewesen.

«Lou, du wusstest doch, dass Sharky die Reiter niemals freigelassen hätte, oder?», fragte ich.

Lou wiegte seinen Kopf hin und her, ohne mich dabei anzusehen, entgegnete aber nichts.

«Warum dann das ganze Theater?», bohrte ich weiter.

Er nahm einen Schluck und betrachtete sein langstieliges Bierglas mit wehmütigem Blick.

«Ich habe alle Päpste seit 619 zu den Siegeln geführt», sagte er, «und keiner konnte sie brechen. Kein Einziger! Irgendwann kam ich auf die Idee, dass mit dem Vertreter Gottes auf Erden vielleicht gar kein Papst gemeint war, und ich machte mich auf die Suche nach einem Menschen, dessen Herz derart ohne Furcht, Gier und Sorgen war, dass er für mich unangreifbar war. Dann warf ich den Schlüssel in den Mülleimer, so dass dieser Penner ihn ganz sicher finden musste.»

«Ein Schlüssel, der in allen Dimensionen existiert…», sagte ich.

Lou nickte. «Ein von mir selbst geschaffenes, einzigartiges Material, das sowohl Engel als auch Menschen gleichermaßen berühren können. Sieht aus wie Falschgold, deshalb hat es ihm keiner abgekauft.»

«Dachtest du wirklich, Sharky würde das tun?», fragte ich.

Lou fuhr mit der Spitze einer Kralle den Rand seines leeren Bierglases entlang. «Nicht durch meinen Einfluss», sagte er, während er das Glas zum Summen brachte. «Aber ich habe euch benutzt, seine besten Freunde. Ihr wart meine einzige Chance, wenn ich jemals wirklich in die Geschichte eingehen wollte.» Sein Glas zersprang und er sah auf. «Immerhin hätte es fast geklappt.»

«Aber, Lou, du *bist* bereits in die Geschichte eingegangen», beteuerte ich. «Fast jeder Mensch kennt dich. Nahezu jedes Volk und jede Religion hat einen Namen für dich.»

Lou winkte ein neues Bier herbei und wischte die Glassplitter von der Theke. «Namen, Worte, Ängste, jaja, aber was bin ich in Wirklichkeit gewesen?» Er gönnte sich noch einen kräftigen Schluck und stieß laut auf. Ich verzieh es ihm, immerhin war es schon sein fünftes Bier. «Ein Nichts war ich, eine Null. Eine Doppelnull.»

Er warf sich eine Hand voll gesalzene Erdnüsse ein – seine Erfindung übrigens.

«Doppelnullen sind doch toll», sagte ich. «Die Besten! Darauf kannst du stolz sein.»

Ich zeigte mit einer Salzstange auf ihn – meine Idee.

«Bin ich aber nicht», erwiderte Lou. «Ich bin ein einsamer, alter Engel mit einem sinnlosen, überholten Auftrag. Jemand, der niemals mehr geliebt wurde als ein Hintern voll Hämorrhoiden.»

Ich seufzte. Konnte ich doch in diesem Augenblick Lous elende Einsamkeit fast so stark spüren wie damals die von Sharky.

«Und deshalb hatte ich den ganz großen Abgang geplant», fuhr Nummer Eins fort. «Einen Schlussstrich, den sogar der Chef würde anerkennen müssen. Er hätte nicht anders gekonnt als zuzugeben: ‹Mein lieber Lou, meine geschätzte Nummer Eins, bester Engel von allen: das war eine Wahnsinnssache. Ein Meisterwerk, das ich selbst nicht besser hätte machen können.› Ja, das hätte er gesagt.»

Lous Augen schimmerten feucht. Er drehte sich etwas zu Seite, damit ich es nicht bemerkte. In diesem Augenblick wurde mir klar, dass Lou nach Anerkennung suchte, nach Liebe durch den Chef, so wie jeder normale Mensch. Alles, was er jemals getan hatte, war aus seiner inneren Unerfülltheit heraus geschehen, aus der Leere, die entstand, wenn man seinen Draht nach oben verloren hatte.

«Wolltest du tatsächlich die Menschheit vernichten?», erkundigte ich mich.

Lou schüttelte den Kopf. «Die Vernichtung der Liebe hätte mir schon genügt. Das macht einem so schnell keiner nach.»

Ich nickte. «Zugegeben, das war ein relativ grandioser Plan.»

«*Relativ grandios?*», wiederholte Lou empört. «Das wäre einzigartig gewesen! Ein Kunstwerk des Bösen, die pure Verhöhnung der Göttlichen Liebe. So etwas hätte nur ich zustande bringen können.»

Er zog den Inhalt seiner Nase hoch, was ich bei einem Angehörigen unserer Zunft noch nie erlebt hatte. Es erinnerte mich an Sharky.

Lou standen jetzt die Tränen in den Augen. «Da schenke ich diesem schäbigen Kerl den Schlüssel und die Macht, die Welt zu bewegen, und was tut er? Fragt mich, ob meine Reiter seine bescheuerten Dosen sammeln können!»

Ich nickte. «Dass du dir ausgerechnet Sharky dafür ausgesucht hattest, ist ein großes Glück für die Menschheit.»

Ich leerte mein Glas und stand auf. «Wollen wir?», fragte ich.

«Nach Hause?», erkundigte sich Lou.

«Ja, nach Hause, alter Junge.»

«Geh schon mal vor, ich komme nach», sagte Lou.

Ich muss wohl ziemlich entsetzt ausgesehen haben, denn Lou machte eine beschwichtigende Handbewegung.

«Ganz sicher», beruhigte er mich. «Muss nur noch einen alten Freund im Park besuchen.»

«Du wirst doch nicht versuchen, den Schlüssel zurück zu bekommen, oder?»

Lou schüttelte den Kopf. Ich verstand und machte mich alleine auf den Weg.

Chefbesprechung

Es war Montagmorgen, und wir Doppelnullen hatten gerade Chefbesprechung – natürlich ging es um den Fall *Apokalyptische Reiter* –, als es plötzlich knallte und Lou aus seiner üblichen Dampfwolke auftauchte. Er sah sich um, wie jemand, der nach sehr langer Zeit an den Ort seiner Kindheit zurückgekehrt war, ließ seinen Blick kurz über die Jungs und mich schweifen, ehe er sich schließlich dem Chef zuwendete.

«Ich habe getan, was ich konnte», sagte Lou ohne eine Einleitung.

«Ich weiß», entgegnete der Chef. «Du warst sehr fleißig, aber deine Arbeit ist schon seit langem ohne Bedeutung.»

«Wie bitte?» Lous Mund stand offen, wie ein Wasserspeier.

«Glaubst du ernsthaft, ein einzelner gefallener Engel könnte für das Übel der ganzen Menschheit verantwortlich sein?», fragte der Chef.

«Naja, ich dachte schon, dass ich hier und da ein wenig...», entgegnete Lou.

«Das wäre ziemlich größenwahnsinnig», erklärte der Chef milde. «Niemand kann das Schicksal der Menschen bestimmen, außer ihnen selbst.»

«Aber mein Job!», sagte Lou. «Grundloser Neid, maßlose Gier, liebloser Sex, egoistische Macht, sinnloser Ruhm und das alles. Meine schönen Erfindungen!»

«Du hast viel geleistet, keine Frage», sagte der Chef, «aber all das ist nicht dein Werk.»

«Nicht?»

Der Chef schüttelte der Kopf. «Die einzige Macht, die du hast, ist es, das Herz der Menschen zu betäuben. Der Rest ist ihr Werk.»

«Hast du Lou deshalb nie zurückgerufen?», erkundigte ich mich.

Der Chef nickte. «Er ist ein Teil von mir, aber er wollte seinen Weg alleine gehen. Ich habe ihm die Freiheit gegeben, nach der er sich so sehr sehnte.»

«Das ist nicht wahr! Nichts als Lügen!», kreischte Lou und stieß rasselnd mit jedem Atemzug kleine gelbe Wölkchen hervor. «All die Tausende von Jahren, die ewige Einsamkeit und die Entbehrungen, während sich die da beim Bier vergnügen!» Er machte eine ausladende Handbewegung in unsere Richtung. Der Chef sah mich fragend an, und ich zuckte mit den Schultern.

«Ich lüge nie», entgegnete der Chef ruhig. Er deutete nach unten, wo man durch eine Lücke zwischen den Wolken die

Erde sehen konnte. «Sieh nur, was sie ohne dich machen. Es geht genauso weiter wie bisher.»

Lou starrte angestrengt nach unten, und ich spürte, dass der Chef ihn gerade in die Zukunft sehen ließ. Eine Zukunft ohne Nummer Eins.

«Das ist unmöglich», flüsterte Lou entsetzt, «um nicht zu sagen absurd. Völlig grotesk. Es geht genauso weiter, ohne mich!»

Der Chef nickte ungerührt.

«Warum hat man mir das nicht früher gesagt?»

«Habe ich, nur hast du nie zugehört.»

«Aber so deutlich hast du es nie ausgedrückt.»

Der Chef zuckte mit den Schultern. «Jeder hört, was er hören will, nicht wahr?»

«Nur mal so eine Frage», meldete sich Linguini zu Wort. «War unsere Arbeit auch sinnlos?»

Der Chef schüttelte den Kopf.

«Gar nichts war ohne Sinn, ihr alle seid Teil meines großen Plans. Nummer Eins hat die Verbindung der Menschen zu mir unterbrochen, damit sie spüren, wie sich Einsamkeit anfühlt und was daraus entsteht. Erst wenn sie das erfahren haben, können sie die Liebe erkennen, wenn sie ihnen begegnet. Eure Aufgabe hingegen war es, die Verbindung wieder herzustellen. Nummer Eins ist nicht die Dunkelheit.» Der Chef nickte anerkennend in Lous Richtung. «Dunkelheit entsteht nur im Kopf der Menschen, wenn sie vom Licht getrennt sind. Gedanken, geboren aus Einsamkeit.»

«Ich denke, also bin ich einsam», flüsterte Josh.

«Den Menschen den Verstand zu geben war ein Experiment», fuhr der Chef fort. «Es war der Versuch, die Schöpfung sich selbst weiter erschaffen zu lassen. Das Problem liegt nicht in der Arbeit von Nummer Eins.» Er bedachte Lou wieder mit einem väterlichen Blick. «Das Problem liegt darin, dass die Menschen ihr Bewusstsein verloren haben. Sie tun Dinge, aber wissen nicht wirklich, was sie tun. Sie überblicken nicht einmal im Ansatz die Auswirkungen ihres Handelns. Niemand kann ihnen das vorwerfen, denn ihr Verstand und ihre Sinne sind nicht dafür geeignet, die Schöpfung zu verstehen. Der Verstand ist ein Gefängnis und die Gedanken sind die Insassen. Selbst wenn die Insassen jeden Winkel ihres Gefängnisses erforscht haben, so befinden sie sich doch noch immer im Gefängnis.»

«Und was wäre die Lösung?», fragte Albert.

«Ein Loch in der Mauer», sagte der Chef. «Das ist es, warum ich euch alle nach unten geschickt habe.»

«Die Liebe ist das Loch?», fragte ich.

Der Chef nickte. «Die Liebe ist die Verbindung zu mir.»

«Wir machen Löcher – und Lou kittet sie wieder zu?», erkundigte sich Josh. «Das ist alles? Das ist unser Job?»

Der Chef nickte. «Eine große Aufgabe für euch alle.»

«Also, ich finde das blöd», bemerkte Mike trocken.

«Ich auch, irgendwie», meinte Lou.

«Es ist, wie es ist», sagte er Chef. «Wichtig dabei ist, dass die Menschen es immer selbst in der Hand haben. Ihr helft ihnen, aber ob sie durch das Loch sehen wollen, entscheiden sie selbst.»

«Ist mir zu kompliziert», meinte Rafael.

«Und was jetzt?», erkundigte ich mich.

«Nun warten wir ab, was sie tun», sagte der Chef.

«Einfach so?»

«Machen wir das nicht letztlich immer? Beobachten und warten, was geschieht?»

«Schon, aber wenn du jetzt alles hops gehen lässt, ist das irgendwie nicht so erbaulich, finde ich», sagte Josh.

Der Chef sah ihn milde an.

«Ich lasse nichts hops gehen. Ich zerstöre doch nicht meine eigene Schöpfung», sagte er.

Wir machten Gesichter, als hätte uns jemand gerade erklärt, dass wir in Wahrheit alle Menschen seien.

«Aber du hast angedeutet…», begann Albert.

Der Chef sah ihn fragend an. «Was denn?»

«Na, dass du Schluss machen wirst.»

«Zu keinem Zeitpunkt.»

«Wir haben es aber so verstanden.»

«Das ist euer Problem. Vielleicht habe ich erwähnt, dass wenig Zeit bleibt.»

«Genau so hast du es ausgedrückt», sagte Gabriel. «In Verbindung mit den ganzen Katastrophen, der Angst, dem Elend… Was sonst sollten wir denn daraus schließen?»

Der Chef sah uns ruhig an. «Vielleicht habt ihr auch schon begonnen, zu viel nachzudenken.»

«Aber du könntest all das wegmachen, oder?», fragte ich.

«Mit einem Streich», sagte der Chef, aber es klang nicht so, als wollte er das Thema weiter ausführen. Um seine Lippen spielte ein amüsiertes Lächeln, während wir etwas ratlos herumstanden und uns den Kopf zermarterten.

Schließlich erbarmte sich der Chef unser. «Es ist nicht so einfach, wie ihr es euch vorstellt. Die Schöpfung an sich ist wie ein einziges Wesen. Es lebt, es geht seinen Weg, und nur weil es bestimmte Dinge tut oder nicht tut, ist das kein Grund, es zu vernichten. Ich bin ein Erschaffer, kein Zerstörer. Die Welt darf erfahren, was sie erfahren will.»

«Das ist wirklich nicht ganz einfach», sagte Albert, «weil es irgendwie nicht logisch ist, denke ich.»

«Liebe ist niemals logisch», sagte der Chef.

Wieder gab es eine lange Pause.

«Na, das war's dann wohl, oder?», bemerkte Lou schließlich. «Wir sehen zu und warten, was geschieht.»

«Genau», sagte der Chef. «Ab sofort greift ihr nicht mehr ungefragt ein. Ihr überlasst den Menschen die Entscheidung. Nur wer wirklich will, dem werdet ihr helfen.»

«Auftragsarbeit? Das ist wirklich mal was Neues», stellte Mike fest.

«Bei dir natürlich nicht, Michael», sagte der Chef. «Abgeholt wird immer».

Mike nickte.

«Gut», sagte der Chef. «Dann an die Arbeit mit euch.»

Schöne Grüße auch noch

Tja, nun wissen Sie es. Wir kommen nur noch, wenn Sie nach uns fragen. Und Ihr Loch in der Mauer, das müssen Sie selbst bohren. Ich meine, wir helfen Ihnen ein wenig, wenn Sie das wirklich wollen, aber alles in allem ist es jetzt Ihr Job. Anweisung vom Chef.

Wenn Sie wirklich nach draußen wollen, kann ich Ihnen noch einen Geheimtipp geben, der viel Arbeit erspart. Soweit ich weiß, liest der Chef keine Bücher, deshalb kann ich das riskieren. Also, die Lösung für das Problem ist einfach: Lieben Sie Ihr Leben! Jeden einzelnen Tag! Lieben Sie alles, was Ihnen unter die Finger kommt, vor allem die Menschen um sich herum. Verzeihen, akzeptieren und vergeben Sie, was das Zeug hält, vor allem bei sich selbst. Das ist das Loch in die Freiheit.

Einen schönen Gruß von den Jungs übrigens. Sie haben mich gebeten, Ihnen ein paar Dinge auszurichten, was ich hiermit tue.

Tipp Nummer eins stammt von Linguini, den ich hier sinngemäß wiedergeben möchte:

Das Leben ist wie eine Pizza. Es schmeckt am besten, wenn man es genießt, sobald es serviert wird. Wenn Sie darauf warten, dass es morgen besser wird, sind die Shrimps vergammelt und der Boden vertrocknet. Und überhaupt ist alte Pizza eklig.

Tipp Nummer zwei kommt von Josh. Man würde es nicht für möglich halten, wo er doch die Politiker betreut – na egal, ich gebe es ja nur weiter:

Hören Sie nicht darauf, was Ihnen andere über Ihr Leben weismachen wollen. Die haben keine Ahnung, wovon sie reden. Nur Sie selbst wissen, was für Sie gut ist, und was andere davon halten, ist egal.

Der dritte Tipp ist von Rafael, und bei seiner Erfahrung mit den schweren Jungs glaube ich ihm inzwischen jedes Wort:

Passen Sie gut auf sich auf, und bleiben Sie sauber. Es gibt eine Menge Typen da draußen, die nichts anderes wollen, als Ihren Kopf mit dunklen Gedanken zu verschmutzen. Eine üble Sache, stimmt, aber die haben keine Chance, wenn Sie darauf achten, was Sie in sich hineinlassen.

Tipp vier stammt von Mike: Suchen Sie die Wunder in Ihrem Leben. Es ist voll davon, aber Sie werden sie nur erkennen, wenn Sie danach Ausschau halten.

Ich dachte, als Abholer würde Henry irgendetwas Schlaues über die Zeit danach sagen. ‹Keine Angst, alles wird schön› und so… Aber ich habe mich geirrt. Ich soll Ihnen ausrichten, dass es keinen Sinn hat, das Leben zu verplanen und ständig irgendetwas zu erwarten – es kommt doch alles ganz anders. Suchen Sie Ihr Glück nicht in der Zukunft – Sie haben keine Ahnung, wie lange die noch dauert. Leben Sie lieber jetzt und freuen sie sich, was das Zeug hält, egal worüber.

Und wissen Sie, was ich Ihnen von Albert weitergeben soll? Von Albert dem Genie, von dem Albert, der an der Akademie von allem nur *Der Denker* genannt wurde? Folgendes:

Denken Sie nicht so viel! Vertrauen Sie lieber Ihrem Gefühl.

Sie glauben mir nicht, dass das von Albert stammt? Kann ich verstehen, ist aber trotzdem so.

Weil ich nicht möchte, dass die erste Auflage dieses Buchs – wie bei manchen Memoiren üblich – wegen eines Rechtsstreits vom Markt genommen und eingestampft werden muss, habe ich mich abgesichert und Albert seine Aussage unterschreiben lassen.

Sehen Sie hier:

Albert

Tipp Nummer sechs kommt von unserem lieben und allseits geschätzten Gabriel. Eigentlich ist er ja für die Informationsbeschaffung zuständig, und ich dachte, er hätte eine wirkliche Geheimnispraline für Sie auf Lager. Hätte er auch, aber was ich Ihnen ausrichten soll, betrifft die Liebe. Gabriel hält das für wichtiger als jede Art von Wissen:

Hören Sie auf, von anderen geliebt und gelobt werden zu wollen. Wir alle lieben Sie, immer und überall, egal, was Sie tun oder nicht tun. Und der Chef erst… Sie machen sich keinen Begriff. Gabriel sagt, wenn Sie aufhören, die Liebe bei anderen zu suchen, werden Sie sie schneller spüren, als Sie ‹Einsamkeit› sagen können.

Klingt gut, finden Sie nicht? Also, ich wünsche Ihnen wirklich, dass es klappt. Und vielleicht ist es ja doch eine Praline?

Sharky redet ja nicht viel, aber ich dachte, es könnte nicht schaden, ihn zu fragen, ob er etwas für Sie hat.

Hat er nicht.

Er sagt, es wäre nett, wenn Sie mal etwas hätten, für alle, die so sind, wie er war, ehe er im Lotto gewonnen hat. Nicht immer nur vorbeigehen und weggucken. Er erzählte mir etwas über steigende Linsenpreise und dass Campinggas immer teurer wird und dass die schöne, trockene Continental 760 am Aussterben ist. Keine Ahnung, was das soll. Sharky sagt, Sie wüssten schon, was gemeint ist.

So, das waren sie, die Weisheiten der Jungs. Und jetzt wünsche ich Ihnen…

Moment mal, Lou kommt gerade herein.

Hallo Lou, alles klar? Was macht die Dunkelheit?

Lou sieht nicht wirklich gut aus heute, ich glaube, er ist frustriert, weil er seinen Job verloren hat. Ich habe ihm neulich erzählt, dass ich meine Memoiren praktisch fertig habe, und ausgerechnet in diesem Moment taucht er hier auf.

Jetzt versucht er an meine Tastatur an sich zu reißen. Einen Augenblick bitte…

Ge?yy uhj$a ::::,,,,,:…….:: ?=Ss=))))))))

s __&% kaaa xxxxxxx
aaaaaaaaaaaä

Halloooo! Wenn Sie glauben, ich gebe auf, haben Sie sich geschnitten! Ich bin die Dunkelheit, und ich habe Sie am Haken, immer und ewig und auch danach. Niemand entkommt mir, ich bin der Chef. Ich bin der Wahnsinn, den Sie täglich in sich spüren, die Unerfülltheit und die Angst. Ich bin die Nummer Eins, die Quelle aller Boshaftigkeit. Vergessen Sie alles, was die anderen Doppelnullen sagen, ich bin die einzige Wahrheit. Ich bin Ihre Zukunft, und ich gebe Ihnen Kraft. Ich stehe Ihnen bei, und falls Sie beten, dann beten Sie zu mir. Ich komme bestimmt!!!

Bitte entschuldigen Sie, sicherlich haben Sie gemerkt, dass das nicht von mir stammt. Lou macht gerade eine ziemlich schwere Zeit durch. Seit der Chef ihm nicht mehr erlaubt, sich seine Kunden selbst zu suchen, ist es unerfüllt geworden in seinem Leben. Ein hartes Los, gerade für jemanden wie ihn, der multidimensional arbeiten kann. Ich glaube, Lou langweilt sich ziemlich.

Er ist jetzt übrigens wieder weg, und ich könnte das da oben löschen. Aber ich habe mich entschlossen, es trotzdem stehen zu lassen. Vielleicht ein Anfall von Melancholie oder so. Irgendwie ist er ja doch einer von uns.

Also, ich wäre dann so weit fertig. Vielen Dank, es war schön, mit Ihnen zu plaudern. Ich hoffe, es hat Ihnen Spaß gemacht, und wir hören bald wieder voneinander. Rufen Sie doch einfach mal hoch. Wir haben gerade nicht viel zu tun.

Und wir freuen uns immer auf Sie!

Der Traumwanderer

Eddie Kramer und das Buch der Träume

Edition Spirituelle Romane

Richard Wilder

Paperback, 384 Seiten – ISBN 3-86616-003-8

Als der dreizehnjährige Eddie Kramer aus San Fransisco einem alten Flohmarkthändler ein ungewöhnliches, antikes Kartenspiel abkauft, beginnt das größte Abenteuer seines Lebens. Von nun an bestimmt eine Kette unglaublicher Ereignisse sein Dasein. Eddie entdeckt eine Straße, die für die meisten Menschen nicht sichtbar ist, aber dennoch existiert. Hier verfolgen außergewöhnliche Menschen ein gemeinsames Ziel: Die Suche nach dem seit Jahrtausenden verschollenen Buch der Träume. Das darin enthaltene Wissen soll es jedem Menschen ermöglichen, seine Lebensträume zu Realität werden zu lassen. Nur eine auserwählte Person – Eddie Kramer – kann zu einer vorbestimmten Zeit das Buch von seinem geheimen Ort holen, um es den Menschen zu bringen. Unterstützt durch magische Gegenstände und begleitet von seinen neuen Freunden macht sich Eddie auf die Suche. Den Gefährten steht eine gefährliche Reise bevor. Eddies abenteuerliche Jagd führt ihn zu den Hopi-Indianern und bis in das geheimnisvolle Hochland von Tibet nach Shambhala, wo mystische Legenden zu Realität werden. Ein spirituelles und abenteuerliches Lesevergnügen für Erwachsene und Jugendliche.

Hundert Wege der Hoffnung

Edition Spirituelle Romane

Robin Rice

Paperback, 296 Seiten – ISBN 3-936486-71-9

Spirituelle Heiler auf der ganzen Welt haben der Hauptfigur dieses spannenden Romans, Mary, immer wieder gesagt, sie sei „Die Eine“, haben ihr jedoch nicht offenbart, worin ihre Aufgabe besteht. So folgt sie scheinbaren Zufällen wie Brosamen, bis sie schließlich im Canyon de Chelly in Arizona zu ihrer Ganzheit und zu ihrem wahren Selbst findet. In dieser lebendig und sehr spannend erzählten Geschichte schickt die Autorin ihre Heldin Mary auf eine Reise, während der sie durch visionäre Erfahrungen und mit der Hilfe eines weisen Lehrers das Reich universeller Wahrheiten betritt. Unterschiedliche spirituelle Traditionen werden zu einem harmonischen Ganzen vereint, und gemeinsam mit Mary entdeckt der Leser, dass es auf dieser Welt weit mehr gibt, als unsere fünf Sinne wahrzunehmen vermögen. Der Roman wurde schon in mehrere Sprachen übersetzt.

In der Nacht siehst du den Regenbogen nicht

Aus dem Reisetagebuch einer Traumtänzerin

Isabell Serges

Edition Spirituelle Romane

Paperback, 320 Seiten – ISBN 3-936486-35-2

In diesem Buch enthüllt Isabell Serges auf unterhaltsame, spannende, erfrischend-freche und zugleich anrührende Weise ein prototypisches Psychodrama unserer Zeit, das seinen Ursprung in der Trennung von unserem WAHREN SELBST hat. Der Leser wird durch die den Traumreisen innewohnende Wahrheit, Klarheit, Kraft und Ausstrahlung tief berührt und ermutigt, in der Dunkelheit das Licht zu sehen und der göttlichen Lichtspur des Regenbogens in die Freiheit, Heilung und Ganzheit zu folgen. Das Anliegen der Autorin ist, zentrale menschliche Grundthemen zu beleuchten (Tagebuch-Ebene) und gleichzeitig Impulse für ein tieferes spirituelles und mentales Bewusstsein zu geben (Traum-Ebene). Die Botschaft lautet: Vertraue deiner inneren Stimme und werde wieder, der DU BIST!

...bis meine Seele an mich schrieb

Christa Eckert

Edition Spirituelle Romane

Paperback, 216 Seiten – ISBN 3-936486-36-0

In einer Selbsterfahrungsgruppe findet Ines in einem inneren Prozess zum Schreiben, durch das sich ihre Seele offenbart. Sie lässt sich ganz darauf ein, die Botschaften ihrer Feste und die Rätsel ihrer Träume zu entziffern. Immer tiefer leuchtet sie ins Dunkel, bis sie erfährt, dass das Zulassen von Schmerz zugleich das Zulassen von Freude und Lebendigkeit ist. Dieser Roman ist für Menschen, die Selbsterfahrungswege wie Kreativität, Meditation, Familienaufstellungen und Körperpsychotherapie „miterleben" wollen: Die Leser werden mit einer ergreifenden und fesselnden Unterhaltung beschenkt. Das Buch hilft, den schweren Weg zum eigenen Selbst zu gehen: den der Versöhnung, der Lebendigkeit und der Liebe.

Das größte spirituelle Geheimnis des Jahrhunderts – Erzählung –

Thom Hartmann

Hardcover, 232 Seiten – ISBN 3-936486-05-0

In dieser spannenden Erzählung erlebt der junge und ehrgeizige Journalist Paul Abler ein Abenteuer, das sein Leben in der Tat für immer verändert. Seine spirituelle Reise beginnt, als er seine Arbeit verliert und kurz darauf einem kleinen Mädchen das Leben rettet. Sein erster spiritueller Lehrer nimmt ihn mit in die Vergangenheit: Er reist in die sumerische Stadt Nippur. Sein zweiter Lehrer ist ein seltsamer junger Mann, der mit einer Gruppe Obdachloser in den Tunneln von Manhattan lebt. Er interpretiert die Lehren Jesu auf eine ganz neue, ungewöhnliche Weise und vermittelt Paul eine Reihe erstaunlicher Erkenntnisse über Gott und die Menschen. Dann darf Paul – in einem Augenblick des absoluten Staunens – die Geheimnisse der Schöpfung des Kosmos erleben, und das größte spirituelle Geheimnis aller Zeiten wird ihm offenbart. In diesem wunderbaren Buch schickt der Verfasser seinen Helden Paul auf eine Reise, auf der wir alle ihn gerne begleiten würden, und er lässt ihn Antworten finden, die wir alle zu finden hoffen.

Manhattan

In der Gewalt der Geheimdienste

Edition Spirituelle Romane

Karl W. ter Horst

Paperback, 128 Seiten – ISBN 3-86616-013-5

Der Autor erzählt die Geschichte des evangelischen Pfarrers Johann de Buer, der auf dem Flug nach Chicago während der Zwischenlandung in New York von der CIA festgenommen und verhört wird. Vordergründiger Anlass ist, dass de Buer Soldaten im Irak-Einsatz öffentlich zum Desertieren aufgerufen hat. Während seiner Vernehmung durch den CIA-Mann „Scotty" wird sein Leben aufgerollt. Man macht ihm Vorhaltungen über seine politische Einstellung. Dabei erkennt de Buer, dass er bereits seit langem von amerikanischen und deutschen Geheimdiensten beobachtet und abgehört wird. Im Verlauf der Verhöre und Gespräche und der Inhaftierung im Kellerverlies eines Hochhauses in Manhattan gerät Johann de Buer nicht nur an die Grenzen seiner psychischen Belastbarkeit. In dem Buch kommen aber auch spirituelle Tiefen, die Macht des Geistes über Gewalt und Unterdrückung zum Ausdruck, und wie persönliche Transformationsprozesse initiiert werden.

Larina

Über die leuchtende Kraft der Gedanken

Edition Spirituelle Romane

Rita Messmer

Paperback, 216 Seiten – ISBN 978-3-86616-046-0

Der Mensch ist kein Zufallsprodukt der Natur. Welche Bedeutung hat das Bewusstsein? Wie wirken ein Gebet oder Bachblüten? Wieso ist es wichtig für den Menschen, dass er sich Gott zuwendet? Was bewirken unsere Gedanken? Was ist Mensch-Sein? Was sagt uns die Quantenphysik? Alles ist Energie. Seit Einstein wissen wir: Materie ist in Form gebrachte Energie, und diese Form wandelt sich, wenn sich die Energie verändert. Wenn wir von einem Primat des Bewusstseins ausgehen und nicht der Vorherrschaft der Materie, lassen sich sowohl die „alten" spirituellen Weisheiten als auch die Quanten-Paradoxa erklären. Dieses Buch nimmt Sie mit auf eine spannende Reise, die zeigt, wie sich Wissenschaft und Spiritualität ergänzen – wie sie lediglich verschiedene Aspekte der einen Wirklichkeit sind. Es zeigt auch, warum wir so sind, wie wir sind, und was wir tun müssen, um den geistigen Fortschritt, dessen Keim in jedem Menschen wurzelt, zu verwirklichen. Früher hat man Tiefgründiges in Geschichten wie Märchen gepackt; in ähnlicher Weise bringt Ihnen dieses Buch wissenschaftliche Erkenntnisse philosophisch näher.

Das Geheimnis der Quelle

Ein Yogamärchen

2. Auflage

Barbara Schenkbier

Gebunden, 144 Seiten, 12 farbige, ganzseitige Illustrationen und 24 Zeichnungen – ISBN 3-9801787-0-6

Barbara Schenkbier ist es in ihrem Buch „Das Geheimnis der Quelle" gelungen, in Märchenform tiefe Lebensweisheiten und die wichtigsten Stufen des Yoga-Weges zu beschreiben. Die Natur in ihrer Vielfalt wird zum Sprachrohr der geistigen Welt. Naturkräfte, Blumen, Tiere und Naturwesen lehren wichtige Hatha-Yogahaltungen, die auch in Abbildungen am Schluss des Buches dargestellt sind. Der Leser lernt die wesentlichen Grundgesetze des Daseins, eine gesunde Lebensweise und Wege zu einem glücklichen, erfüllten Leben kennen. Er erfährt bedeutende Weisheiten der Yoga-Philosophie, und es werden ihm die großen traditionellen Yoga-Wege aufgezeigt. Das Märchen ist ganz durchwoben von zarter Poesie, überraschenden Ideen, tiefgründigen Erkennissen, geistigen Impulsen und spiritueller Kraft.

Das Geheimnis der richtigen Schwingung

Anleitung für ein wunder-volles Leben

Jill Möbius

Hardcover, 232 Seiten – ISBN 3-86616-000-3

Alles, so die Autorin, ist eine Frage von Schwingung und Resonanz. Auf fundierte und leicht verständliche Weise vermittelt dieses Buch, wie das Resonanzprinzip als grundlegendes Gesetz unsere Realität, unseren Körper und unser Schicksal prägt – und wie wir dieses Wissen spielerisch nutzen können, um ein erfülltes und erfolgreiches Leben zu gestalten: Wie es wirkungsvoll gelingt, die Realität im Voraus so zu programmieren, dass sich Wünsche erfüllen und sogar Wunder möglich werden; wie man effektive, kraftvolle Wege der Selbstheilung nutzt, um Gesundheit, Jugendlichkeit und Vitalität zu steigern; wie man inneren Frieden findet und es schafft, in jeder Situation in sich selbst zu ruhen; wie man seine Schöpferkraft wirksam einsetzt, um eine friedvolle globale Zukunft mit zu erschaffen. Viele wirkungsvolle Übungen ermöglichen die direkte Umsetzung der Erkenntnisse im Alltag. Ein unterhaltsames, praxisnahes Handbuch zur Steigerung des Bewusstseins, der Lebensfreude und Lebensqualität.

Fragen, die das Herz bewegen

Außergewöhnliche Menschen im Interview über Glück, Lebenssinn, Erfolg, persönliche Träume und globale Visionen

Jill Möbius / Rüdiger Schache

Paperback, 176 Seiten, 32 Fotos – ISBN 3-86616-004-6

Seit jeher beschäftigen dieselben existenziellen Fragen die Menschheit – Fragen nach dem Sinn des Daseins, nach der Beschaffenheit der Welt und unserer persönlichen Lebensaufgabe, Fragen nach dem Rezept für ein glückliches und erfülltes Leben. In diesem Buch antworten außergewöhnliche Menschen – bekannte Schauspieler, Künstler, Abenteurer, Politiker, spirituelle Lehrer und Wissenschaftler unterschiedlicher Nationalitäten – auf dreizehn wesentliche Lebensfragen. Aus ihrem reichhaltigen Erfahrungsschatz geben sie ihre persönlichen Erfolgsgeheimnisse preis. Offenherzig sprechen sie über persönliche Träume, Liebe, Hoffnungen und ihre globalen Zukunftsvisionen. Im anschließenden Resumee bilden die Autoren eine Essenz aus den Antworten und zeigen praktische Wege für die Übertragung in den Alltag. Ein unterhaltsames Buch zum Schmökern, Staunen, das uns darauf besinnen lässt, was im Leben wirklich wichtig ist.

Karten des Lebens

Lebensgeschichten erkennen und heilen

Chuck Spezzano

100 künstlerisch gestaltete farbige Karten mit Begleitbuch, 224 Seiten
ISBN 3-86616-028-3

Die Drehbücher oder Geschichten, die unser Leben bestimmen, schreibt jeder Mensch selbst. Die Karten des Lebens – das neue Karten-Set des bekannten Lebenslehrers Chuck Spezzano – zeigen die Geschichten, die wir in unserem Leben erzählen, ganz gezielt auf. Es können fröhliche und kraftvolle, aber auch dunkle und zerstörerische Geschichten sein. Wir schreiben sie oft in Sekundenbruchteilen, tragen sie und ihre Folgen aber ein Leben lang mit uns. Negative Geschichten aus der Vergangenheit zu heilen und positive, lebensbejahende Geschichten zu stärken ist ein Herzensanliegen von Chuck Spezzano und ein Eckpfeiler seiner Arbeit. 100 wunderschöne, von der deutschen Künstlerin Petra Kühne einfühlsam gestaltete Karten sowie ein Begleitbuch, das die tiefere Bedeutung jeder einzelnen Karte erklärt und Beispiele für verschiedene Befragungsmöglichkeiten enthält, geben dem Leser ein ideales Werkzeug an die Hand, mit dessen Hilfe er seine Lebensmuster erkennen, negative und destruktive Muster heilen und dadurch zu mehr Glück und größerer Fülle im Leben gelangen kann.

Durch Inspiration wird alles leicht

Ein direkter Weg zu Ideenreichtum und Kreativität

Nick Williams

Paperback, 160 Seiten – ISBN 3-86616-031-3

Die meisten Menschen werden hin und wieder flüchtig von der Inspiration berührt, doch nur wenige von uns wissen, wie sie diesen Zustand jeden Tag erreichen und ihr Leben auf die Inspiration aufbauen können. Nick Williams vertritt die Ansicht, dass dauerhafte Inspiration durchaus möglich ist, wenn wir wissen, wie wir uns auf sie einstellen können. Nick zeigt, dass Inspiration ein Phänomen, eine evolutionäre Kraft ist und dass sie ein ständiger Begleiter auf unserem Lebensweg werden kann, wenn wir wissen, wie wir Ängste und Widerstände überwinden können. Es ist möglich, durch Inspiration erfolgreich zu werden, anstatt durch Opferbereitschaft. Für alle, die mehr Inspiration in ihr Leben bringen wollen oder sich bereits von ihrer Inspiration leiten lassen, ist *„Durch Inspiration wird alles leicht"* ein Jahrbuch der 54 Goldstücke, Einsichten und praktischen Hinweise, die das Herz jedes Menschen, der an seinen Träumen baut, höher schlagen lässt.